Ilustrado por: Juan González Xarrié
Diseño de cubierta: Proforma Visual Communication, S.L.

© SUSAETA EDICIONES, S.A.
Campezo, s/n - 28022 Madrid
Teléfono: 913 009 100 - Fax 913 009 118
Impreso en España

RÉCORDS
CURIOSIDADES Y ANÉCDOTAS
DE ANIMALES

susaeta

UN ANIMAL MUY GOLOSO

El tejón se caracteriza por tener extremidades cortas y muy fuertes y por poseer unos pies alargados y unas uñas muy duras que le sirven para excavar. Vive en madrigueras y excava grandes sistemas de galerías.

Se alimenta de frutas, bulbos y raíces, así como de pequeños invertebrados como lombrices, caracoles e insectos. El tejón es un animal muy goloso, se atreve a robar las larvas y la miel de las colmenas de abejas y avispas. Su espeso y enmarañado pelaje le protege de los aguijones de estos insectos.

EL ARMIÑO: LA PIEL DE LA NOBLEZA

Son animales nocturnos y se alimentan de ratones, ratas, pájaros y conejos. Si viven cerca de granjas avícolas constituyen un serio problema, ya que se alimentan de gallinas y pollitos, pero también mantienen el entorno libre de roedores. Hubo un tiempo en que sólo los miembros de mayor rango de la nobleza podían llevar pieles de armiño con las que adornaban sus capas y mantos.

EL COBAYA TRAGÓN

Siempre está comiendo este pequeño animal. Para el cobaya (o conejillo de Indias) todo es comestible. Es capaz de comer sin parar hasta ponerse enfermo. Sus platos favoritos son el trigo, la cebada, la la avena, el girasol, el salvado, sin olvidar la fruta, la lechuga, las legumbres, el trébol y el pan duro. Todo ello, bien regado con agua fresca.

A TODA VELOCIDAD

¿A qué velocidad se desplazan los animales? ¿Se comportan como bólidos, o como coches viejos subiendo una cuesta? De todo hay.

El caracol avanza a una velocidad de 0,0003 km/h; La tortuga a 0,300 km/h; la anguila a 12 km/h; el camello y el cerdo a 16 km/h, la oveja a 24 km/h; el perro a 32 km/h; el conejo a 38 km/h; el elefante a 40 km/h; el lobo y el rinoceronte se desplazan a 45 km/h; el canguro y la ballena a 48 km/h; la jirafa, y también el avestruz, a 50 km/h; la liebre y el caballo a 70 km/h; el león a 80 km/h y el guepardo a 95 km/h.

LOS MÁS CARIÑOSOS: LOS PERRITOS DE LAS PRADERAS

Se conoce con este nombre a un tipo de roedores que emiten un sonido similar a un ladrido cuando se sienten alarmados o establecen contacto con otros individuos.

Son muy sociables y se caracterizan por excavar un complejo sistema de madrigueras, llamadas *ciudades*, donde viven en colonias formadas por miles de individuos.

Los perritos de las praderas, para saludarse, se dan un «beso de reconocimiento», y a veces se asean mutuamente.

LA DESPENSA DE LA ARDILLA

La ardilla se alimenta sobre todo de semillas, frutas, nueces, setas y otros vegetales. Almacena provisiones para el invierno, cuando éstas escasean.

Suelen vivir en los bosques de coníferas, donde construyen sus nidos con las ramas de los árboles.

SETAS VENENOSAS

Si bien son mortales para el hombre, las setas venenosas no lo son para los animales. Así, la ardilla roja, por ejemplo, suele consumirlas en grandes cantidades. Incluso las almacena una vez secas. Lo malo es que suele olvidar sus escondites.

LA NUTRIA

La nutria es un carnívoro acuático que se zambulle y nada como una auténtica campeona olímpica, capturando sin demasiado esfuerzo peces bastante rápidos. Después, saca a su presa a la superficie y la degusta sobre una piedra plana o sobre algún tronco que sobresalga del agua.

EL INGENIOSO ZARAPITO

En el mundo animal existen numerosos casos de ingenio y astucia. El zarapito se alimenta de mejillones y otros moluscos bivalvos. Está provisto de un pico afilado que usa como un escalpelo, con el que consigue alcanzar el contenido carnoso de los moluscos; es capaz de abrir la concha bivalva pinchando en la fisura o metiendo el pico entre las dos valvas.

EL JABALÍ LO TIENE FÁCIL

El jabalí es un animal omnívoro, es decir que come de todo. En primavera y verano se alimenta, principalmente, de frutos, setas y plantas. En otoño su dieta está constituida por bellotas, castañas y hayucos. Y también le gustan los insectos, los caracoles, los huevos y la carroña.

Prudente, caza por la noche, escondiéndose durante el día.

FUERTE COMO UNA LLAMA

En Perú, la llama es un animal doméstico que rinde múltiples servicios a la población. No excede generalmente de 1 m desde la cruz al suelo, y de 1,5 desde la cabeza al suelo y es capaz de llevar cargas de más de 50 kg. Tiene una gran resistencia, puede realizar largos viajes por caminos realmente peligrosos, lindantes con precipicios. Los incas se servían de ellas para transmitir mensajes a miles de kilómetros mediante un procedimiento llamado «quipu» que consistía en efectuar una serie de nudos de distinta complejidad en los largos pelos que cuelgan del vientre de este animal.

La llama es, además, un animal muy susceptible, que escupe en la cara si se le falta al respeto. Lanza una saliva que es casi cáustica y produce irritación en la piel. Su lana sólo da tejidos bastos, al contrario de las alpacas y las vicuñas que son muy apreciadas.

EL CASTOR CONSTRUCTOR

El castor es uno de los animales más inteligentes del reino animal, y destaca por la solidez de sus construcciones. Es un arquitecto nato, que trabaja siempre de noche, integrado en un grupo bien organizado. Los castores son capaces de abatir árboles que tienen hasta 0,30 m de diámetro, con los que construyen presas y edifican auténticas ciudades lacustres. No dejan nada al azar, teniendo en cuenta todos los detalles. Con sus patas delanteras transportan las ramas hasta los troncos que obstruyen el río y las añaden a la greda mezclada con piedras.

Protegidos por el dique así formado, construyen después, bajo el agua, sus confortables madrigueras, con dos habitaciones, un salón y un almacén para las provisiones.

EL GRAN SALTO DEL CANGURO

El canguro tiene una cola grande y musculosa que suele utilizar como apoyo cuando camina o está sentado o como balancín cuando salta. El salto es su método habitual de locomoción. Un canguro puede llegar a saltar hasta 9 m de un solo brinco.

EL DROMEDARIO

Es un animal perfectamente adaptado a su hábitat y puede sobrevivir sin beber agua durante varios días.

La joroba del dromedario se eleva unos 30 cm sobre la espalda y le sirve para almacenar grasa y tejido fibroso, constituyendo una reserva alimentaria para el animal en épocas de escasez.

Además, posee unas cámaras en el estómago para almacenar agua, que se libera lentamente según las necesidades del animal. Un dromedario sediento puede beber hasta 120 litros para reponer sus reservas de agua.

ASTUTO COMO UNA LIEBRE

Muy desconfiada, la liebre duerme durante el día en su madriguera y por la noche sale. Pero cuando vuelve, redobla la vigilancia: no entra en seguida, sino que describe un círculo irregular alrededor de la vivienda. Después se va aproximando poco a poco, y por último, de un gran salto, alcanza la madriguera dando un último rodeo. Ésta es su técnica para despistar a los posibles enemigos.

UN DINOSAURIO GIGANTE

En 1987, en Nuevo México, el doctor Gilette y su equipo de paleontólogos descubrieron los huesos de un saurio de 33 m, y estimaron que el animal debía de pesar en vida unas 80 toneladas. Se trata del mayor dinosaurio hallado hasta el momento, habiéndosele bautizado como Seismosaurus.

LA GRAN BOA CONSTRICTOR

Al igual que todos los miembros de su familia, la boa es constrictora, es decir, mata a sus presas apretándolas con sus anillos hasta que mueren y después se las traga enteras. Puede abrir mucho sus mandíbulas para tragarse animales más grandes que su cabeza.

Dependiendo del tamaño de su presa, la boa puede tardar varios días en digerir su alimento.

UN LAGARTO QUE CAMBIA DE COLOR

Camaleón es el nombre común de cierto tipo de lagartos conocidos por su capacidad para cambiar de color cuando se sienten amenazados y en respuesta a cambios de temperatura, luz, color y otras alteraciones ambientales.

El camaleón tiene una lengua muy larga y pegajosa que proyecta hacia el exterior para cazar insectos.

Existe una especie llamada camaleón de Meller que con su lengua puede capturar pájaros.

LA SERPIENTE MUSICAL

La serpiente de cascabel pertenece a la familia de los crótalos. Su longitud oscila entre los 38 cm y un metro y medio. Todas las especies producen un veneno de dos componentes: el primero actúa sobre el corazón y los pulmones y el segundo destruye los tejidos.

Son ovovivíparos; las crías salen del huevo en el interior de la hembra.

Tiene una estructura similar a un sonajero o cascabel en el extremo de la cola que agitan cuando están a punto de atacar.

EL LAGARTO

Los lagartos y lagartijas son animales diurnos, les gusta tomar el sol y se alimentan sobre todo de insectos y otros invertebrados. La mayoría de las especies se reproducen por huevos y los depositan en galerías excavadas por ellos mismos entre las raíces de los árboles o debajo de las piedras.

A CADA CUAL SU TERRITORIO

Cada animal posee un territorio bien delimitado, acorde con sus necesidades y su tamaño.

Los ratones y otros pequeños roedores se conforman con unos metros cuadrados. El gobio vive feliz en una pequeña charca, y el ratón de campo también soporta las estrecheces, ya que apenas abandona su hogar, si no es para abastecerse de alimento en las proximidades. La musaraña en cambio, necesita de unos cientos de metros cuadrados, y el ánsar de Guinea precisa de 100 ha. El territorio del corzo tiene una superficie de 10 ha, frente a las 25 ha del ciervo. El del oso pardo, oscila entre 1.000 y 3.000 ha. El tigre de Siberia bate todos los récords, con 10.000 ha. En cualquier caso, el territorio de un macho joven o de una hembra siempre es más reducido que el de un macho adulto.

EL ASEO DE LOS ANIMALES

Como el hombre, los animales también se lavan. Cuestión de higiene.

Los patos se bañan varias veces al día en el estanque donde habitan. Después pasan el pico sobre sus plumas para secarse.

El arrendajo común, igual que otras aves, captura hormigas y las tritura con el pico para extraer un ácido con el que unta su plumaje.

A las pequeñas aves cantoras les gusta bañarse en las charcas, fuentes y lagos poco profundos.

Para limpiarse, los mamíferos tienen la costumbre de frotar su cuerpo contra un objeto duro. Los ciervos utilizan los árboles para cuidar su pelaje. Con energía, se frotan contra la corteza y de esta forma pierden sus pelos muertos.

Si das un paseo por el bosque, observa bien los árboles, quizás descubras pelos de ciervo. Los jabalíes adoran revolcarse en las charcas fangosas y, para quitarse el barro, vuelven a frotarse contra la corteza de los árboles.

CADA UNO EN SU RINCÓN

Cada animal tiene una forma propia de marcar su territorio, utilizando para ello señales visuales, sonoras u odoríferas.

Algunas serpientes frotan entre sí sus escamas. También agitan la cola, terminada en escamas que se entrechocan. Las cigüeñas hacen chasquear el pico. La perdiz hace gorgoritos. La alondra lanza trinos y el ruiseñor notas musicales. Son maneras muy claras de advertir a los intrusos que no franqueen los límites de su territorio. De lo contrario, ¡cuidado con los picotazos!

En caso de peligro, algunos animales repliegan o erizan sus plumas, pelos u orejas, al tiempo que hinchan su cuerpo.

Para delimitar su territorio, los mamíferos utilizan marcas odoríferas. El tejón posee, en la base de la cola, una glándula olorosa que utiliza apoyando su parte posterior contra troncos, raíces, piedras o sobre el mismo suelo. El perro orina en algunos de los lugares por los que pasa. El oso pardo arranca la corteza de los árboles con sus garras, y orina en el suelo; por último, se revuelca en su propia orina y se frota contra la madera pelada.

EL RINOCERONTE BLANCO AFRICANO

Mide más de cuatro metros de largo, dos metros de alto y pesa más de tres toneladas.

El rinoceronte blanco, el negro y el de Sumatra tienen dos cuernos, mientras que el de Java y el indio sólo tienen uno.

Todos los rinocerontes son hervíboros y se alimentan de una gran variedad de plantas. La visión del rinoceronte es muy pobre, pero se ve compensada con un olfato y un oído excelentes.

UN SOLO DEDO EN CADA PATA

El caballo solo tiene un dedo en cada una de sus extremidades y está protegido por una pezuña que rodea únicamente la parte frontal y lateral del pie. Esto es debido a la evolución, ya que los antepasados de los caballos eran animales pequeños, similares a los perros.

LOS ÚLTIMOS BISONTES

A principios de siglo había varios millones, de bisontes pero en la actualidad sólo quedan unos 15.000, diseminados por todo el territorio de los Estados Unidos y protegidos por el gobierno americano. Las películas del Oeste han dado una gran popularidad a estos animales. En este siglo, y con el fin de acabar con las reservas de carne de las tribus indias, los *cow-boys* cazaron rebaños enteros de bisontes. Bill Cody, un joven explorador que sería conocido más tarde como Buffalo Bill, fue el más célebre de estos cazadores. En dieciocho meses abatió, él solo, a 4.280 bisontes con su carabina de calibre 50, a la que llamaba «Lucrecia Borgia».

Para acercarse a un bisonte, basta con no asustarlo. Y un consejo: si el bisonte se lanza a la carga contra vosotros, no huyáis. La única posibilidad de escapar es tirarse a tierra y hacerse el muerto. Primero os olerá y luego, quizá, se dará media vuelta...

EL ALMUERZO DE LA PANTERA

Después de haber dado caza a su presa, la pantera le extrae las entrañas y las oculta bajo sus propios excrementos. Si es de noche, sube el cadáver a un árbol para protegerlo de buitres, hienas y leones. Cuando tiene hambre, lo baja a tierra y se da un buen festín junto a sus pequeños.

TIGRES QUE SE ALIMENTAN DE PERSONAS

Por lo general, sólo los tigres demasiado viejos o enfermos atacan al hombre. Sin embargo, y desde hace algunos años, en la India se han dado casos de tigres que gozaban de buena salud y que han matado a un centenar de personas. Si han llegado a este extremo, es porque la caza escasea en su territorio. Al pie del Himalaya, en la frontera con Nepal, los campesinos están aterrorizados. ¡No es para menos!

LA PANTERA

Cuando mamá pantera sale a cazar, esconde antes a sus pequeños. Nunca los deja solos más de 24 horas, y cada tres o cuatro días los cambia de escondite transportándolos en su boca. Excelente trepadora, a la pantera le encanta echarse la siesta en lo alto de un árbol. Cuando el león o la hiena le disputan una presa, prefiere huir, pero no por temor, en realidad, teme resultar herida, lo que le impediría cazar. En ocasiones, se alimenta de personas, siendo aún más peligrosa que el tigre.

En Rudrapanag, en la India, una pantera había devorado ya 125 personas cuando en 1926 consiguieron darle caza.

HAMBRE FELINA

Cuando los leones atacan, cunde el pánico entre el resto de los animales de la sabana. Los ñúes, su presa favorita, salen huyendo en todas direcciones.

Las leonas cazan en grupo. Cada grupo posee una leona que se encarga de dar caza y acabar con las presas. Las demás sólo están allí para repeler un posible ataque.

Los leones, ¿comen carne humana? Desgraciadamente, la respuesta es afirmativa. En Kenia, durante la construcción de la vía férrea Nairobi-Mombassa, tres machos devoraron a 130 personas. En 1924, en Uganda, 84 personas fueron atacadas y comidas por algunos leones hambrientos. Cuando un león ha probado una vez la carne humana suele volver a hacerlo.

LOS GUEPARDOS DEL KILIMANJARO

Un lugar ideal para los guepardos es la reserva de Amboseli, al pie del Kilimanjaro, en Kenia. Allí viven en la inmensa llanura desecada por el sol, en medio de las tribus masai, que habitan chozas hechas de barro, alimentándose, casi exclusivamente, de sangre de buey, leche y carne a medio cocer.

El guepardo no es un animal temerario. A la primera señal de peligro abandona su presa y prefiere renunciar al festín antes que correr cualquier riesgo. Cazador poco hábil, sólo ataca animales de mediano tamaño, como gacelas, antílopes, liebres, roedores y aves. En cuatro de cada cinco intentos, pierde su presa. En cambio, es paradójico que sea el animal terrestre más rápido, pues alcanza velocidades de 110 Km/h en distancias cortas, no superiores a 500 m. Si la presa consigue escapar, el guepardo se halla demasiado cansado para reanudar su persecución. Una carrera de 200 m basta para dejarle sin aliento. Para «recuperarse», suele permanecer una hora tendido cerca de la pieza que acaba de cobrar.

Por tanto no es raro que el guepardo muera de inanición. La hiena es su enemigo número uno, le roba el alimento y devora a sus crías. Los dientes pequeños y las uñas no retráctiles impiden al guepardo ser un animal feroz. Vulnerable, el guepardo es la presa preferida por los cazadores furtivos. En la actualidad, sólo existen 10.000 ejemplares viviendo en libertad.

LOS SALTOS DEL SERVAL

El serval es, corriendo, uno de los felinos más rápidos. Puede, incluso, efectuar saltos de más de dos metros de altura para capturar un pájaro en pleno vuelo. Ampliamente extendido por África, recuerda un poco al ocelote de América del Sur. De cuerpo esbelto y pelaje moteado, posee un tronco ágil y largas patas. Es amigo de los lugares en que crece densa la vegetación, donde se oculta entre las hierbas secas. Durante el día duerme. Por la noche, caza, ayudado de su fino oído y aguda vista. Sus presas favoritas son: el pavo, el faisán, las pintadas y las liebres, lo cual no le impide asaltar un gallinero o atacar a pequeños antílopes. El *Serval galeopardus* que vive en África es fácilmente domesticable. Sin embargo, el *Serval viverrinus*, de 80 cm de longitud, que vive en la India, y el *Serval minutus*, muy parecido a un gato, de unos 40 cm, que vive en Siam, Java y Somalia, no son domesticables.

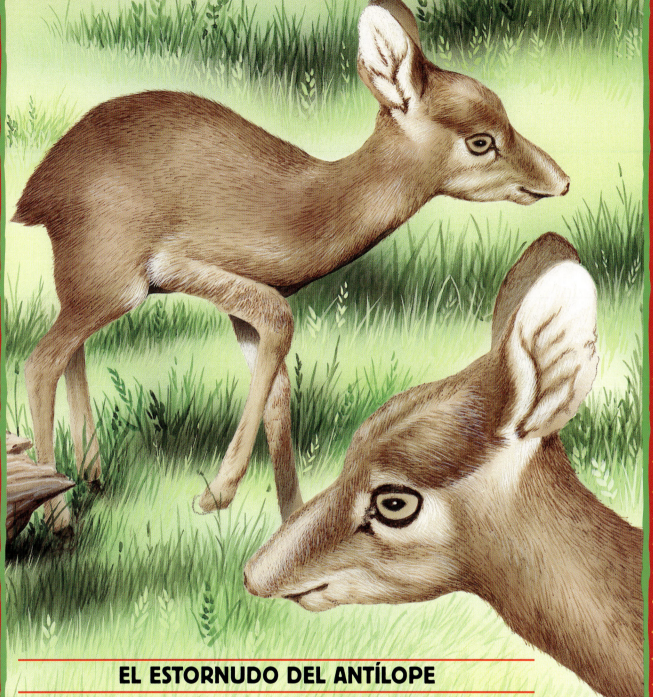

EL ESTORNUDO DEL ANTÍLOPE

En las praderas herbáceas del este de África, y siempre en sitios próximos a los cursos de agua, vive un pequeño antílope que en caso de peligro produce un agudo silbido o estornuda ruidosamente al tiempo que salta sin moverse del sitio, con las patas rectas y tensas. Su altura en la cruz oscila entre 0,50 y 0,65 m, y su peso entre 9 y 20 kg. Normalmente vive en pareja o en pequeños grupos familiares.

En las horas más calurosas del día, se aísla entre las altas hierbas o los matorrales. El resto del tiempo lo pasa en la llanura, pastando durante horas y horas.

LA GRULLA ANTÍGONA: UN BUEN PERRO GUARDIÁN

Es en Asia donde se encuentra el mayor número de grullas, como la grulla antígona. Los asiáticos las respetan hasta tal punto que está prohibido matarlas, pues cuenta la leyenda que la desgracia se cierne sobre el cazador y su familia. Se alimenta de granos en invierno, también come gusanos, insectos, grillos, libélulas, ranas y pequeños reptiles acuáticos, guisantes y frutas.

Los indios las amaestran como verdaderos «perros guardianes» para alejar a roedores y serpientes de sus casas; estos animales constituyen un plato exquisito para la grulla.

La grulla antígona posee una voz tan sonora que se la puede oír a más de tres kilómetros de distancia. Esta potencia es debida a la especial configuración de su tráquea, que tiene la forma de una tuba.

LA «TOILETTE» DE LA GARZA AZUL

Como se alimenta de pescado, la garza azul suele ensuciar con él sus bonitas plumas. Afortunadamente, la naturaleza la ha provisto de los elementos apropiados para realizar su aseo. Las escamas de aspecto polvoriento que guarda en el plumón, a un lado y a otro del pecho y sobre la rabadilla, le ayudan a «desengrasar» su plumaje. Sobre las plumas ensuciadas por la grasa del pescado extiende esta sustancia polvorienta que absorbe la suciedad.

Para terminar su aseo, se sirve de un improvisado cepillo que posee en el dedo central, cuya cara interna está provista de un borde dentado en forma de peine.

EL MAL OLOR DE LA MOFETA

La mofeta común, (también llamada «skunk estriado») es originaria del Nuevo Mundo. Se encuentra desde la bahía de Hudson, al norte, hasta Guatemala, en el sur. Huye tanto de los humanos como de los animales; incluso si se consigue domesticarla, defiende su independencia de una forma muy peculiar. Para alejar a sus enemigos, hace uso de dos glándulas situadas en la base de la cola, las cuales, segregan un líquido hediondo.

Lentamente, dirige su parte posterior hacia el intruso, levanta la cola y proyecta un chorro de esta sustancia, volátil y de olor nauseabundo. Si se trata de un perro, el «disparo» alcanza, la mayoría de las veces, a los ojos, huye entonces a toda prisa, aullando y contorsionándose sobre la arena, intentando quitarse el repelente olor.

Los efectos sobre el hombre no son más tranquilizadores, ya que éste experimenta náuseas. También sus ropas quedarán impregnadas de este repulsivo olor, y ni siquiera lavándolas se librará de él. Sin embargo, es curioso saber que este almizcle es utilizado en perfumería para fijar la esencia de las flores.

LAS AVES, GRANDES VIAJERAS

Las aves son como infatigables aviones con plumas, capaces de recorrer grandes distancias.

Las aves migratorias vuelan de 6 a 8 horas diarias. La alondra lo hace a un promedio de 30-40 km/h; la cerceta a 100-110 km/h. La focha recorre 730 km/h en dos días. El revuelvepiedras 825 km en 25 horas. La urraca griega avanza 700 km en 20 horas; cada noche unos 500 km. Esta ave puede atravesar el Mediterráneo en 12 ó 13 horas. En otoño, invierte tres meses para llegar a África del Sur. En primavera, sólo tarda dos meses en volver a Europa. La golondrina de mar y el chorlito real recorren más de 19.000 km dos veces al año, pudiendo realizar 5.200 km sin efectuar ninguna escala. La cigüeña puede competir con cualquier viajante de comercio ya que, infatigable, recorre 12.000 km.

Alrededor de 600 millones de aves europeas pasan el invierno en África, de modo que durante la primavera y el otoño, de 400 a 600 millones de aves migratorias sobrevuelan España.

Tampoco faltan en las aves los récords de velocidad. Con sus 385 km/h, cuando vuela en picado, el halcón peregrino es el ave más rápida. En vuelo horizontal, el más rápido es el vencejo de cuello blanco, con 171 km/h. Le siguen el buitre (150 km/h), la cerceta (135 km/h), el pato (90 a 120 km/h), el cisne (88 km/h), la paloma (60 a 150 km/h), el halcón (40 km/h) y el cuervo (38 km/h).

El faisán no es precisamente un bólido cuando vuela. Pero en tierra firme corre muy rápido, dando pasos de 50 cm. Si el disparo de un cazador le alcanza en el ala, puede escapar de él corriendo como un loco, le sacará varios cientos de metros de ventaja y se pondrá a cubierto a no ser que el perro le atrape.

LA CARCAJADA DEL KOOKABURRA

El kookaburra, o martín cazador, es un ave propia de Australia, del tamaño de una corneja. Al anochecer y al amanecer emite unos curiosos ruidos que semejan risotadas descompuestas; unas veces son risas francas y alegres, otras son malvadas y sarcásticas. Por esta razón se le denomina «Juan reidor» y «martín carcajeante».

Cuenta la leyenda que en otro tiempo, el kookaburra fue un ave silenciosa. Mas cierto día presenció el almuerzo de una serpiente pitón, que devoraba a un pequeño pájaro. Una vez saciada, la serpiente se disponía a echar una siesta cuando, de improviso, empezó a bostezar. El pajarillo aprovechó la ocasión para escapar y, delante de la indignada pitón, el kookaburra se puso a reír hasta hartarse.

Algunas parejas de kookaburras se instalan incluso en la ciudad, aprovechando las cavidades de las paredes. El kookaburra roba también los juguetes a los niños, y llega a entrar en las casas para comerse los pececillos rojos de los acuarios. A pesar de sus pequeños defectos, los australianos aprecian mucho a este pájaro, al que denominan cariñosamente «viejo Jack». Suele acompañar a las caravanas de colonos y observa sus faenas. Se alimenta de reptiles y pequeños mamíferos.

EL AVETORO DA MUCHOS SUSTOS

Varios excursionistas merodean por las proximidades de la laguna cuando oyen a sus espaldas una especie de mugido sordo y lastimero. ¡Parece el mugido de un toro! Retroceden pálidos del susto, preguntándose cómo puede andar un toro por esas tierras cenagosas. Lo buscan llenos de precauciones, hasta que descubren a la autora de su sobresalto: ¡una garza común y corriente!

El avetoro, en efecto, se está desperezando después de su largo sueño diurno. Estira el cuello hacia arriba y emite ese engañoso sonido que le da nombre y que puede ser oído a dos o tres kilómetros de distancia.

Indiferente al temor que ha causado, el avetoro se sacude el plumaje, mira en todas direcciones y se introduce en el agua enfangada dispuesta a iniciar su jornada de caza.

LOS NIDOS DEL CHOCHÍN

Los chochines, de la familia de los Trogloditidos, construyen no uno sino varios nidos, entre los cuales la hembra escogerá el que considere más adecuado para la incubación, tapizándolo después con plumas.

HALCONES EN LOS AEROPUERTOS

Aunque parezca increíble, es cierto que existen halcones «encargados» de vigilar los aeropuertos. En Roissy, por ejemplo, hay una quincena de ellos cuya «misión» es acabar con estorninos, frailecillos, palomas y gaviotas, para evitar que dañen al reactor en caso de colisión.

¿Sabías que del choque de un pájaro de 460 gr contra un avión que se desplace a 400 km/h resulta una fuerza de impacto de dos toneladas?

De hecho, durante los últimos setenta años, la colisión con aves ha provocado la destrucción de 34 aviones civiles.

La razón de que las aves invadan los aeropuertos se debe a las lombrices de tierra, que durante la noche abandonan sus galerías para darse un garbeo por las pistas. Si un ave pasa por allí y descubre alguna, se lanza en picado sobre ella y la degusta con toda tranquilidad. Imagina que un avión despegara en ese momento, ¡sería desastroso!

Desde hace poco tiempo, existen unos conductos antilombrices a lo largo de las pistas, consistentes en un tubo abierto por un extremo. Cuando la lombriz cae dentro, ya no tiene posibilidad alguna de salir.

Otra medida de seguridad, adoptada por el hombre, consiste en utilizar halcones adiestrados, como ya se ha dicho. Para no perder su rastro si se alejan demasiado, se les coloca en la cola una pequeña emisora que permite localizar su posición.

LA GARZA

Tiene el cuello, las patas y el pico alargados. Su pico afilado le permite cazar de todo, desde pequeños mamíferos a peces muy grandes, anfibios, reptiles y otras aves. Se vuelve rojo o rosa intenso durante la estación de reproducción, al igual que sus patas.

Estas aves anidan en grandes grupos. Construyen un nido plano, similar a una plataforma, en las ramas altas de los árboles de zonas pantanosas.

UNA PERDIZ MUY COQUETA

La perdiz se caracteriza por tener un cuerpo largo y algo rechoncho, cola y pico cortos, adaptado éste a la recogida de semillas. Prefieren correr y sólo vuelan en distancias cortas.

Es nativa de Europa y Asia, aunque ha sido introducida en otras partes del mundo.

La hembra pone hasta 20 huevos de color oliváceo en nidos que construye entre arbustos o hierba alta.

La perdiz tiene tres vestidos: un plumaje blanco para el invierno, otro pardo moteado en negro para el verano y uno gris para el otoño.

EL TORCECUELLOS IMITA A LA SERPIENTE

A pesar de medir sólo 0,15 m, el torcecuellos es un ave muy inteligente. Debe su nombre vulgar a la gran movilidad de su cuello. También se le conoce con el nombre de «pájaro-serpiente», ya que en caso de peligro, retuerce repetidamente el cuello y silba como una serpiente. Una treta eficaz que hace huir a los asaltantes de nidos. Y si cae en manos de un cazador, emplea otra táctica: su cuerpo se debilita, se erizan sus plumas, pende su cabeza y se cierran sus ojos; en resumidas cuentas, se hace el muerto. El cazador, confundido, suelta a su presa y al momento, el torcecuellos sale volando sin más explicaciones.

EL PÁJARO SASTRE COSE SU NIDO

No es fácil sorprender a este pájaro construyendo su nido, dado su carácter arisco. Pero los afortunados que lo consiguen, se preguntan: ¿Cómo puede este animalito de menos de un palmo ser tan inteligente?

Da gusto ver trabajar al pájaro sastre, inquilino de los bosques próximos al Himalaya. Mientras la hembra acarrea material, el macho dispone una hoja grande, perfora repetidamente los bordes con su fino y agudo pico, y pasa después por los agujeros un cordón de fibras que hila él mismo con lana, estopa o tela de araña.

La hoja, cosida con rapidez y delicadeza, forma el nido, que será forrado con musgo y plumas de otras aves. Es asombroso el resultado.

EL ALBATROS: VARIOS AÑOS EN ALTA MAR

A la edad de un año, el albatros levanta el vuelo y emprende un largo viaje en solitario, que puede durar de cinco a diez años, sobre los mares australes. Sólo regresa a tierra firme a finales de octubre o noviembre para reproducirse, y siempre al mismo sitio; las islas Kerguelen, en la Antártida, son uno de sus lugares preferidos. Fiel en el amor, conserva la misma compañera hasta su muerte. El noviazgo suele durar tres años, y la hembra sólo pone un huevo cada dos años. ¡Un huevo que pesa cerca de 500 gramos!

Para pescar los cadáveres de crustáceos y pulpos que flotan sobre la superficie del mar, es capaz de recorrer cientos de kilómetros. Existen unas diez especies, y la de mayor tamaño es el albatros «aullador», que puede llegar a pesar hasta 12 kg, y vivir unos 24 años.

SI ES MOLESTADO, EL JACANA DESTRUYE SU NIDO Y SUS HUEVOS

Existen siete especies de jacana, todas circunscritas a las zonas tropical e intertropical, en general junto a la vegetación acuática de los lagos y estanques. En el amor, es la hembra quien toma la iniciativa. Una vez puestos los huevos, ella deja al macho que se encargue de incubarlos durante veintidós días de cuidados en los que conviene no importunarlo, de lo contrario el resultado sería desastroso: el macho rompería los huevos y destruiría su nido con grandes y rabiosos picotazos. También da golpes de ala, como los gallos. Los indígenas no han podido domesticarlas, pues se resisten hasta el extremo de dejarse morir de hambre. Por lo demás, el papá jacana es un excelente padre de familia: es él quien enseña a los pequeños.

EL CERNÍCALO O EL ARTE DEL CAMUFLAJE

El cernícalo pertenece a la familia de los halcones. Es un ave de rapiña diurna, se alimenta de ratones y reptiles, vive en campanarios y torres, a veces junto a las palomas sin molestarlas. Conoce a fondo las técnicas del camuflaje y gracias a su plumaje de color ladrillo con rayas negras esparcidas por cuello cola y cabeza, se confunde fácilmente entre las cañas. A la mínima señal de peligro, el cernícalo permanece quieto, sin moverse un milímetro. Los científicos han observado a uno de ellos que, agazapado entre las cañas rotas por el viento, imitaba las ondulaciones de la vegetación.

EL FULMARO ARROJA UN LÍQUIDO HEDIONDO

El fulmaro es un ave que pulula por los islotes del Océano Ártico y vive, formando colonias, en los acantilados rocosos batidos por las olas. En el momento de la reproducción, se concentran allí cientos de miles de nidos, que no son otra cosa que depresiones excavadas en el suelo y tapizadas de hierba. La hembra pone un solo huevo, turnándose con el macho para incubarlo.

¡Pobre del depredador que se aproxime demasiado a su nido! Inmediatamente, el fulmaro abre el pico y proyecta sobre el indeseable intruso un líquido de pésimo olor, segregado por las glándulas digestivas. Éste huye sin pensárselo un momento. El alcance del «proyectil» puede llegar hasta 1,20 metros.

EL SALTIMBANQUI
CHORLITO DORADO

Este pajarito no llega a medir 30 centímetros y sus alas son pequeñas. Pero, volando, puede superar en velocidad a una vieja avioneta y su radio de acción le permite emigrar del extremo norte al extremo sur de las tierras continentales, o al revés.

El chorlito dorado macho, cuando está en celo, se pone a dar volteretas delante de la hembra para mostrarle su vigor y juventud. Sigue y sigue, sin cansarse, haciéndonos pensar en un saltimbanqui con plumas.

LA GANGA TOCA EL TAMBOR

La ganga se asemeja tanto a una gallina, que se la conoce también con el nombre de «gallina de los avellanos». Este pájaro, cuyo plumaje reúne los colores de las hojas muertas, vive en Asia, Europa y África.

En la época de celo, el macho toca el tambor para llamar la atención de la hembra. Se sube sobre un tronco de árbol seco y produce un sonido que se amplifica y resuena por todo el bosque como un redoble de tambor. Este insólito ruido es producido por el ritmo entrecortado de sus alas y los extraordinarios sonidos de ventrílocuo que emite.

EL LORO PARLANCHÍN

La capacidad de muchos loros para imitar la voz humana y otros sonidos es uno de los motivos de su popularidad como mascotas. El mejor imitador es el papagayo o loro gris africano, un ave de 30 cm de longitud, con el plumaje gris, excepto la cola que es roja. Estudios realizados con esta especie han demostrado que pueden ser tan inteligentes como los delfines o los primates.

EL PELÍCANO

Tiene una bolsa en la mandíbula inferior, que usa para almacenar peces. Aunque parezcan torpes, los pelícanos son grandes voladores y pueden realizar largas migraciones, invernando en áreas costeras marinas y viajando tierra adentro a lagos y ríos durante el verano.

Los pelícanos pueden llegar a pesar 15 kg y su envergadura alcanzar los 3 metros.

LAS CATACUMBAS DEL ABEJERO

El abejero o abejaruco es un ave de hermosos colores que vive en las riberas de los ríos europeos y cruza el Mediterráneo en otoño para invernar

En las cálidas tierras de África, como ya indica su nombre, pierde la cabeza por las abejas, su alimento preferido. Y así, se convierte en el terror de las colmenas. También le gusta posarse sobre los hilos del tendido eléctrico. Sin embargo, su ocupación más interesante es la de excavador. La colonia de abejeros, en grandes bandadas, perfora el barro que hay en los ríos y abre numerosas y sorprendentes galerías oblicuas de hasta tres metros de profundidad, rematadas por sendas cámaras muy espaciosas, que conforman unas verdaderas catacumbas subterráneas. Cada pareja reproductora se queda con un túnel y su correspondiente cámara, que servirá de nido para sus polluelos.

LOS REGALOS DEL FUMAREL MACHO

El fumarel es un pájaro que habita en los mares, aunque también frecuenta las marismas de agua dulce. Se puede encontrar en Francia y tiene un comportamiento curioso: en la época de celo, y justo antes de empezar el cortejo, el macho ofrece un pequeño pez a la hembra, que suele apreciar en gran medida este regalo.

Comienza entonces una danza nupcial aérea, en la que los enamorados multiplican las acrobacias, al tiempo que emiten gritos de felicidad.

A modo de nido, la hembra excava un sencillo agujero en la arena apoyando su pecho sobre el suelo y girando sobre sí misma. Su puesta consiste en tres únicos huevos que se asemejan, en forma y color, a pequeños guijarros, lo que les protege contra los depredadores.

EL LENGUAJE DE LA GALLINA

La gallina tiene una forma increíble de enseñar a sus polluelos a reconocer los mejores bocados. En 1986, tres científicos de la Universidad de Rockefeller (Nueva York) dedujeron que un gusano era pedido mediante unos sonidos breves y muy próximos, cada 0,28 segundos, y una cáscara de nuez, cada 0,56 segundos.

El cacareo de la gallina tiene diversos matices. Los polluelos saben que la gallina va a poner un huevo, que está contenta con su comida, etc.

LA PALOMA MENSAJERA

Gracias a su velocidad y a su resistencia, la paloma mensajera ha prestado al hombre grandes servicios.

Fue una de estas aves la que anunció la victoria del atleta Temóstenes a su familia, en la 84ª sesión de los Juegos Olímpicos. En el año 44 a.C., Julio César las utilizó durante la conquista de las Galias. En las antiguas civilizaciones marítimas servían para anunciar la llegada de los barcos al puerto. En Francia, durante la Edad Media, transmitían mensajes secretos entre los campamentos, conventos y fortalezas. Los corsarios de Saint-Malo y Dunkerque solían enviar barcos de avanzadilla, y cuando un navío, supuestamente cargado de riquezas, aparecía a la vista, se soltaba una paloma para señalar su posición.

En 1870, durante los cuatro meses que duró el asedio de París, millares de palomas transmitieron 150.000 mensajes oficiales y un millón de mensajes personales. Durante la primera guerra mundial, más de 20.000 palomas mensajeras de ambos bandos cayeron en acto de servicio, y en la segunda guerra mundial, algunas de ellas recibieron la medalla al mérito.

La paloma mensajera es capaz de encontrar el camino de regreso al palomar, incluso después de haber recorrido centenares de kilómetros.

Los científicos han encontrado una posible explicación a este extraordinario sentido de la orientación. La paloma mensajera posee, además de una gran agudeza visual y una excelente memoria de los lugares por los que ha pasado, un sentido magnético que estaría situado en el extremo de los nervios ópticos. Una especie de brújula natural, en contacto permanente con el campo magnético terrestre.

LOS UTENSILIOS DE LOS ANIMALES

Muchos animales emplean «útiles» en sus actividades diarias, lo que contribuye a aumentar su bienestar. Así, la nutria marina rompe las conchas sobre una piedra. La hormiga hilandera cose hojas con seda. El chimpancé introduce palos en las termiteras y los chupa una vez que están recubiertos de insectos. El macaco limpia con hojas los alimentos que va a comer. El elefante se rasca con una ramilla que sostiene en su trompa. Por su parte el alimoche rompe a pedradas los huevos de avestruz.

LA LEYENDA DEL MARTÍN PESCADOR

El color dominante del martín pescador es el azul metálico. Cuenta una antigua leyenda que en un principio era de color gris tierra, pero abandonó tan precipitadamente el Arca de Noé, que el sol del atardecer tornó dorado su vientre, mientras que su dorso tomaba el color del cielo.

EL ASOMBROSO FLAMENCO ROSA

La isla de la Gran Inagua, en la Bahamas, es el refugio de 50.000 flamencos rosas, la mayor colonia del mundo. Ahora bien, el flamenco es sorprendente en más de un aspecto. Aunque torpe en el suelo, se convierte en una auténtica estrella cuando vuela. Agrupados en escuadrillas y cubriendo largas distancias, estas zancudas vuelan a más de 50 km/h.

La naturaleza ha mimado al flamenco: su lengua filtra el agua y retiene las algas y crustáceos que constituyen su alimento. El gran flamenco rosa mide de 90 cm a 1,5 m, y sus largas patas impiden que se ensucie el plumaje.

Su nido lo constituye un cono de barro, de 30 cm de altura y 50-60 cm de diámetro, que le protege de las fuertes lluvias que asolan la zona. Llegados al estado adulto, los padres reconocen la voz de su pequeño entre centenares de individuos. Sin embargo, y a pesar de todas sus ventajas, el flamenco tiene un gran enemigo: el cerdo salvaje, que devora sus huevos y sus crías. Otros enemigos naturales son: pigargos africanos, hienas, chacales, guepardos y varios carnívoros más.

UN VERDADERO MARTILLO

Existe una especie de pájaro carpintero, el piconegro o picamaderos, cuyo pico constituye un verdadero martillo, capaz de golpear el tronco de un árbol con una velocidad en el impacto de 21 kilómetros por hora.

UN AVE LLAMADA ZAMPULLÍN

Esta ave tiene bien merecido su nombre, ya que es un as del buceo. Se alimenta principalmente de peces, a los que persigue hasta 50 o 60 m bajo el agua. Si bien no es buena voladora, se halla, en cambio, bien equipada para el medio acuático, pudiendo realizar inmersiones de bastante duración y recorrer distancias considerables. El zampullín es un ave esquiva que prefiere los lugares abrigados, y cuando sale de los cañizales, huye de las miradas mediante una rapidísima zambullida.

Al nadar o posarse sobre las olas sólo se observa su cabeza, a modo de telescopio. Es un animal poco sociable, pero en invierno se reúne, de buen grado, en pequeños grupos.

Otra particularidad del zampullín es que no se posa sobre las patas, sino sobre el vientre. Nadadora por excelencia, en tierra se desplaza arrastrándose por el vientre. Las patas, que tan buen resultado le dan en el agua, no le sirven aquí sino para empujar su cuerpo.

LA GRULLA SE DEJA HIPNOTIZAR

Debido a sus largas patas y a su no menos largo cuello, la grulla es una de las aves más altas del mundo. Habita en el hemisferio Norte del planeta y jamás se atreve a cruzar el Ecuador.

Son muchos los atractivos de la grulla, por eso los cazadores se ceban en ella y está al borde de la extinción.

A la grulla le atrae algo de manera irresistible, hasta el punto de hipnotizarla, y es cualquier resplandor o luminosidad muy fuerte.

Se ha visto a bandadas enteras de grullas sobrevolar incendios de bosques entre chillidos de excitación. A pesar del riesgo evidente, muchas se acercan tanto al fuego que el humo las sofoca y terminan cayendo en él.

LA URRACA

La urraca es omnívora y come insectos, roedores, pájaros pequeños, huevos y crustáceos así como frutas y hojas.

Una costumbre característica de la urraca griega a la hora de alimentarse consiste en atravesar su presa en una espina y comérsela así o bien guardarla en su despensa para más tarde.

EL ÁGUILA: SÍMBOLO DE VALOR Y PODER

Desde la antigüedad se la ha considerado un símbolo de valor y poder, debido a su gran tamaño, su destreza en el aire y lo inaccesible de sus nidos. Fue emblema de legiones romanas, de Alemania y de los imperios ruso y austro-húngaro, y además forma parte del escudo nacional de Méjico.

Las hembras llegan a medir un metro desde el pico a la cola y su envergadura ronda los dos metros. Los machos son más pequeños.

EL PATO MANDARÍN SALTA DEL TRAMPOLÍN

Todo son desventajas para esta ave, una de las más indefensas que hay, pues camina, corre, nada y vuela bastante mal, no se defiende luchando y tiene muchos enemigos.

Ni siquiera su color le sirve de protección eficaz al pato mandarín. En efecto, el plumaje del macho es tan colorista y llamativo, que puede ser visto a distancia por sus antagonistas; y, además, ha dado origen a su nombre, ya que se le compara con los soberbios trajes de los antiguos mandarines.

El pato mandarín abunda en las zonas húmedas del Extremo Oriente. Con sólo unos pocos días de vida, aprende a saltar al agua, empujado por la madre desde altas ramas, verdaderos trampolines naturales. Esta es su forma predilecta de escapar a la voracidad del halcón y otros peligrosos cazadores.

AVES DOMÉSTICAS

La mayor parte de ellas son criadas por el hombre con fines exclusivamente alimenticios. Esta es la suerte reservada a gallinas, pollos, ocas y pavos.

Entre las gallinas, la mejor ponedora es la de raza leghorn, cuya media anual es de 300 huevos.

Existen en el mundo alrededor de 4.000 millones de pollos: ¡imagínate el caos que se formaría si se los soltara a todos al mismo tiempo!

La oca doméstica suele vivir alrededor de 25 años.

NIDOS PARA INCUBAR

En 1963, en Florida, fue descubierto un nido de águila de 3 m de ancho, 6 m de profundidad y 2 toneladas de peso. El águila dorada confecciona también un nido gigantesco, como el descubierto hacia 1950 en Escocia, de 5 m de profundidad.

Para construir su nido, que fabrica con bolitas de fango mezcladas con fragmentos vegetales, la golondrina común realiza cerca de 1.000 viajes, lo que representa para un nido entre 750 y 1.400 bolitas de fango.

Cuando se trata de incubar los huevos, el colibrí, el eider y el faisán dorado confían todo el trabajo a la hembra. ¡Unos auténticos holgazanes! Por el contrario, el kiwi macho se encarga él solito de la incubación.

LOS HUEVOS

El huevo más grande que se conoce es el de avestruz, de 20 cm de alto, 15 cm de diámetro y un peso que oscila entre 1,650 y 1,780 kilos.

Los huevos más pequeños son los del colibrí de Jamaica, que miden apenas 1 cm y pesan menos de 0,3 gramos.

¿Cuántos huevos pone un ave?

El número es variable: uno solo en el caso del pájaro bobo, el albatros, el petrel y el pingüino; 2 el colibrí y la paloma; de 8 a 10 el carbonero; de 10 a 15 el avestruz y de 8 a 20 la perdiz.

OTROS NIDOS

En primavera, casi todas las aves empiezan la construcción de los nidos que albergarán a sus futuras crías. Sólo el cuco, mucho más perezoso, prefiere poner en el nido de otros.

El pájaro moscón, que frecuenta los cursos de agua y los pantanos del sur de Francia, construye un extraordinario nido, suspendido de una rama, por encima del agua. Para ello, utiliza diversas fibras vegetales, tejiendo una especie de barca que tapiza después con semillas vellosas de álamo o caña. El macho silba mientras trabaja para atraer a la hembra, quien le ayuda a terminar el nido tras haber instalado un pasillo de entrada.

El nido más pequeño es del colibrí calíope (19 mm de diámetro interno y 30 mm de alto). El mayor es el de del megapodio de Freycinet (Nueva Guinea): 7 a 8 m de diámetro y 2 m de altura.

La tórtola común fabrica su nido de tal forma que los huevos sólo son visibles a través de agujeros.

LA ZARIGÜEYA: MADRE ORIGINAL

La zarigüeya es un marsupial que vive en América del Norte y del Sur. Después de los primeros días de vida, esta infatigable madre se carga los hijos a la espalda y con la cola se aferran a la robusta cola materna, rígida como la rama de un árbol.

EL PEQUEÑO CUCO ES UN PÁJARO PERVERSO

Los cucos se despreocupan de sus crías hasta el punto de poner los huevos en los nidos de otras aves, que se convierten en sus padres adoptivos, ignorando que alimentan y crían a individuos que no son de su especie. El pequeño cuco es un pájaro perverso: al crecer no dudará en tirar del nido a las crías de sus progenitores adoptivos.

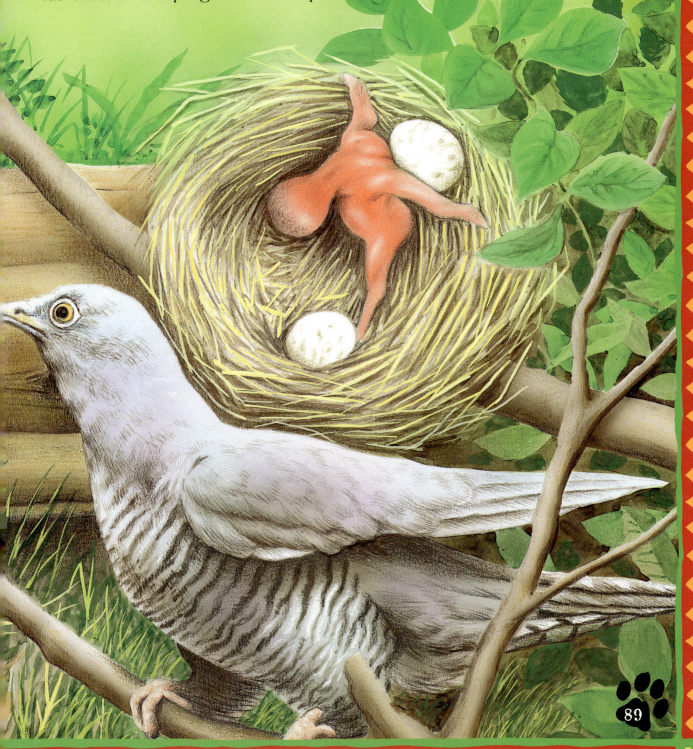

AVES RARAS

Algunas especies de aves sólo están representadas por unos pocos ejemplares. En 1981 fue visto, por primera vez en 86 años, un ejemplar de *Ambyornis flavifrons*.

Hace algunos años, los ornitólogos descubrieron en la isla de Amsterdam, en el océano Índico, la decimocuarta especie de la familia de los albatros, designándola como «albatros de Amsterdam». En seguida se dieron cuenta de que existían apenas 50 ejemplares. Cada pareja de estas aves sólo tiene una cría cada dos años. Durante siglos, navegantes y balleneros los han dado caza, y sus nidos, hechos a ras del suelo, han sido objeto de pillaje, hallándose en vías de extinción.

Se calcula que desde el año 1600, alrededor de 94 especies de aves se han extinguido. Es probable que corra la misma suerte la cotorra de la isla Mauricio, de la que sólo quedan 2 o 3 individuos con escasas posibilidades de reproducirse.

VENERABLES ANCIANOS

Algunos pájaros llegan a vivir muchos años, como un ejemplar de cóndor de los Andes, que alcanzó la edad de 72 años en el parque zoológico de Moscú. Se sabe también de una cacatúa que vivió 73 años, un papagayo gris de África que llegó a los 72, un cisne a los 70, un avestruz a los 62 años y una gaviota que cumplió los 32 años en el Jardín Botánico de París.

AVES DE VARIOS TAMAÑOS

El ave más pequeña que se conoce es una especie de colibrí, semejante a una abeja, que mide 5,5 cm de longitud y pesa alrededor de 2 g. La mayor de las aves voladoras es la avutarda de Kori, que pesa hasta 18 kg y vive en el sur y este de África.

El albatros viajero tiene una envergadura aproximada de 3,15 m. Pero hasta ahora, el récord lo posee el marabú africano, con una envergadura de más de 3,35 metros.

EL AVE MÁS LENTA

Es la chocha de America, que se conforma con volar a la escasa velocidad de 5 km/h.

El cóndor tampoco se esfuerza demasiado, se deja llevar por las corrientes de aire a distancias de hasta 100 km, sin batir siquiera las alas.

El récord de altitud lo ostenta un grupo de 30 cisnes que volaron a 8.230 m, sobre las islas Nuevas Hébridas.

EL PETREL GIGANTE: TERROR DE LOS OCÉANOS

Del tamaño de una gaviota, el petrel gigante es un potente volador que frecuenta los océanos de todo el mundo. Audaz y combativo, no es aconsejable aproximarse a él. Si su nido se halla en peligro, ataca sin dudarlo un segundo, mostrándose más agresivo que un halcón. Incluso si se trata de un hombre, cae sobre él y lo ataca sin piedad. Su pico ganchudo y afilado, así como sus poderosas garras, son armas que infunden verdadero respeto.

El petrel gigante siembra el terror entre las demás aves marinas, pues se alimenta de carne y saquea los nidos. Cuando sorprende pescando a aves más pequeñas que él, las ataca para obligarlas a soltar la presa, atrapando ésta al vuelo. Incluso el pájaro bobo le teme.

En invierno, vaga sobre las olas y sólo se posa en tierra para anidar, escogiendo las zonas más frías de la tierra. Siente una cierta debilidad por las islas perdidas cubiertas por una vegetación de tundra, en las que no sólo asalta los nidos de otras aves, sino que también caza roedores como los lemings.

Una vez elegido el lugar idóneo, instala su nido en una depresión del suelo, en la que la hembra pondrá dos huevos, alternándose con el macho para incubarlos. Este proceso dura alrededor de veinticinco días. En adelante, los padres se ocuparán por turno de los pequeños que, por cierto, crecerán muy mimados.

UNA VISTA AGUDA

La vista de las aves rapaces es más aguda que la del resto de las aves. El águila dorada, por ejemplo, es capaz de descubrir una liebre, de 50 cm de longitud, a 3.200 m, siempre que las condiciones de visibilidad sean buenas. El halcón peregrino por su parte puede divisar una paloma a más de siete kilómetros.

CUESTIÓN DE PLUMAS

Todas las aves poseen entre 1.000 y 3.000 plumas, lo que representa alrededor del 10% del peso total de su cuerpo.

El cisne cantor tiene alrededor de 25.000, frente a las 940 del colibrí de cuello rojo. El gallo fénix (criado en Japón) tiene motivos para estar verdaderamente orgulloso, ya que sus plumas pueden llegar a medir hasta 10 m de longitud.

CIGÜEÑAS SOBRE EL TEJADO

Las cigüeñas suelen instalar grandes nidos sobre tejados, ruinas, postes de alta tensión o árboles altos. La cigüeña blanca vuelve al mismo nido durante varios años consecutivos. Cuando regresa de África, en primavera, debe librar duros combates para expulsar del nido a sus adversarios. Una vez recuperada su vivienda, la arregla con hierba fresca, pelusas de las plantas y trapos viejos.

En Alemania se ha encontrado un nido de cigüeña que data de hace 400 años. Mide 2,5 m de alto, 2,25 m de diámetro y una tonelada de peso, es realmente impresionante.

EL CARBONERO PALUSTRE

Para evitar que le roben durante el invierno los productos de su caza, el carbonero palustre esconde sus provisiones en diversos lugares, como las ramas o troncos huecos de los árboles. Durante mucho tiempo, se pensó que este curioso pájaro no volvía a recuperar sus viandas. En 1987, tras largos estudios, un equipo de la Universidad de Oxford demostró lo contrario: el carbonero palustre recuerda muy bien sus escondites, pero... sólo los que ha visitado en los tres últimos días.

EL PREVISOR ALCAUDÓN

Cuando captura una presa, el alcaudón gris la clava con su pico en la espina de un arbusto. El alcaudón desollador también atraviesa insectos sobre espinas o sobre alambres dentados. De este modo, se crean su propia despensa, recurriendo a ella para abastecerse según sus necesidades.

CAZADORES DEL AIRE

Los halcones cazan mientras vuelan. El águila real lo hace en el aire y en tierra, y sus garras son afiladas como puñales. El gavilán europeo, por ejemplo, no persigue a su presa a través de largas distancias, sino que la ataca por sorpresa.

Las aves rapaces devoran a su presa; si ésta es grande, en el mismo sitio en que la han cazado, si es pequeña la transportan hasta su territorio.

EL GRAN CORAZÓN DEL COLIBRÍ

El colibrí (también llamado pájaro-mosca) posee un corazón enorme, que late a 1.000 pulsaciones por minuto. Para hacernos una idea, el del hombre sólo alcanza 70 pulsaciones.

Este minúsculo pájaro presenta, además, otros aspectos extraordinarios. Cada año recorre 6.400 km y su vuelo recuerda al de un helicóptero, siendo la única ave que se desplaza hacia adelante, hacia atrás y lateralmente. Incluso produce un zumbido semejante al de un motor. Llega a alcanzar una velocidad de 80 km/h.

Durante el vuelo nupcial puede batir sus alas hasta 200 veces por segundo. Su rapidez le permite atacar incluso a sus más peligrosos enemigos, como la serpiente, a la que golpea en los ojos con su largo y afilado pico.

Este pájaro habita las regiones situadas entre 0 y 5.000 m de altitud, desde Alaska a Perú, de las Antillas a las Galápagos. Aunque pesa poco, menos de 3 gramos, posee un feroz apetito; se vuelve loco por el néctar de las flores y los pequeños insectos, dándose verdaderos atracones. Por analogía, si el hombre quisiera imitarlo, tendría que ingerir, al día, 150 kg de patatas cocidas. El más diminuto pesa 2 gramos.

LA HORA DE LA COMIDA

¿Cómo se alimentan los animales? ¿Cuáles son sus hábitos alimenticios? ¿Son muy tragones?

El castor, por ejemplo, come la corteza verde y las hojas de los árboles.

Con su pico en forma de buril, el picamaderos busca los insectos escondidos bajo la corteza de los árboles. Primero golpea el tronco más o menos fuerte, escuchando la resonancia. Una vez que ha detectado a su presa, realiza un agujero con el pico. Sus golpes son tan precisos que el agujero se abre siempre sobre la galería en que se encuentra el insecto o la larva. A menudo utiliza su lengua para cazarlo, ya que, recubierta de una saliva pegajosa, constituye un verdadero arpón.

BLA, BLA, BLA

¿Sabías que un papagayo puede llegar a aprender más de 300 palabras? Se conoce el caso de un papagayo gris africano, propiedad de unos ingleses, que poseía un vocabulario de casi ochocientas palabras. También la llamada «urraca parlanchina», además de robar los huevos y polluelos de otras aves, cotorrea como nadie.

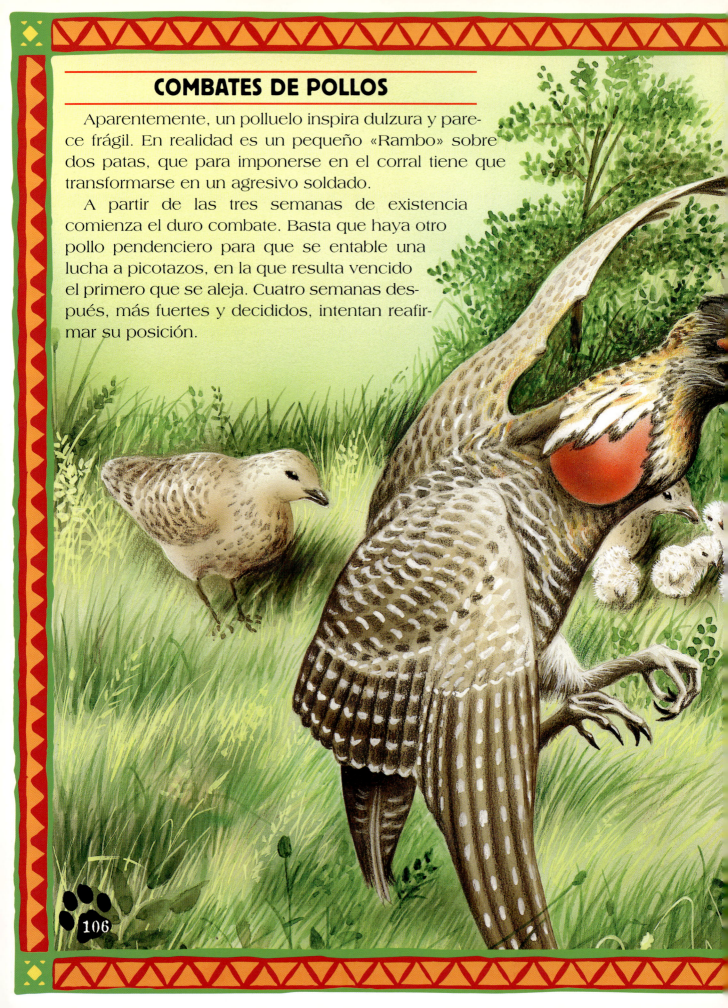

COMBATES DE POLLOS

Aparentemente, un polluelo inspira dulzura y parece frágil. En realidad es un pequeño «Rambo» sobre dos patas, que para imponerse en el corral tiene que transformarse en un agresivo soldado.

A partir de las tres semanas de existencia comienza el duro combate. Basta que haya otro pollo pendenciero para que se entable una lucha a picotazos, en la que resulta vencido el primero que se aleja. Cuatro semanas después, más fuertes y decididos, intentan reafirmar su posición.

De nuevo, cualquier pequeñez es buena excusa para iniciar la pelea. Una batalla entre dos de ellos puede desembocar en una pelea generalizada. Las luchas más encarnizadas se libran entre los machos que han resultado varias veces victoriosos y que aspiran a los puestos de honor. Pero estos combates no están exentos de nobleza; jamás se lanzarán dos individuos contra el mismo adversario. Cuando cesan las hostilidades, los rivales se encuentran extenuados. Los tres días siguientes los triunfadores atormentan a los más débiles. La paz ya está restablecida, cada uno ha contratado el sitio que le corresponde en el gallinero. Sin embargo, no basta ser fuerte para ganar. El más astuto y tenaz suele resultar vencedor, pues hasta el favorito puede distraerse con una lombriz de tierra y perder el combate.

A veces, las gallinas adultas separan a los contrincantes cacareando ruidosamente, con lo que suelen dar injustamente la victoria a los más débiles. En consecuencia, vuelve a perturbarse la jerarquía social del gallinero. Ya adulto, el polluelo victorioso volverá a engrosar, a pesar suyo, las filas de los vencidos.

LA LECHUZA

Muy previsora resulta ser la lechuza, ya que almacena sus excedentes de alimentos en los huecos de los árboles.

GRANDES DESTROZOS

El ratón de campo adora la remolacha, al igual que la liebre, pero mientras que el primero roe la jugosa raíz por debajo, la segunda lo hace por el exterior. Algunos años, estos animales ocasionan destrozos considerables. Los gorriones son también el terror de los agricultores, pues arrasan, a veces, campos enteros de trigo.

LOS COMEDORES DE HUEVOS

Los huevos y las crías de ave constituyen el plato favorito de numerosos mamíferos e incluso de otras aves.

La corneja es el gran enemigo de las aves que anidan sobre el suelo. Durante el período de incubación, sobrevuela los campos buscando un nido de perdiz o de faisán. Una vez descubierto, rompe el huevo y lo sorbe allí mismo, o bien se lo lleva a algún lugar protegido, donde se bebe el contenido.

El erizo europeo expulsa al faisán de su nido y después se abalanza sobre sus huevos.

El zorro, con menos miramientos, se come el huevo y la cáscara. También el turón, la marta y la comadreja comen huevos.

EL MONO ARAÑA SE CUELGA DE LA COLA

El mono araña es un curioso simio de gran tamaño, con una cola larga, robusta y prensil que le permite colgarse de un árbol durante largo tiempo. Con la cabeza hacia abajo, se balancea lentamente con aire pensativo. También utiliza la cola para recoger frutos y llevárselos a la boca.

Limitado a América del Sur, el mono araña tiene un pequeño «defecto»: sólo posee cuatro dedos en cada mano. Esto no impide que con sus ocho dedos, extremadamente largos, sea un consumado trapecista. Manifiesta sus dotes acrobáticas en los saltos largos, de una rama a otra, superando distancias de 10 metros.

CAZADOR DE INSECTOS

El mono es un animal dotado de cierta inteligencia. El chimpancé, por ejemplo, emplea más de 60 tipos de gritos para expresar sus sentimientos o sus intenciones.

Los monos que viven en libertad se comunican mediante gestos, expresiones faciales y posturas. Cuando se dispone a atacar, el chimpancé aprieta los labios y frunce las cejas. Cuando juega, en cambio, levanta el labio superior para mostrar los dientes de arriba.

El chimpancé está dotado de un gran sentido práctico. Para atrapar insectos, introduce un palo en la termitera. Abre las nueces con piedras y utiliza hojas para realizar su aseo. También mastica hojas, haciendo con ellas una masa esponjosa que absorbe el agua lluvia.

MONOS ENFERMEROS

La inteligencia del mono se pudo comprobar hace unos diez años, cuando Mary J. Willard, una psicóloga americana, utilizó a algunos de ellos para ayudar a disminuidos físicos. Durante un tiempo estuvo entrenando a monos capuchinos para efectuar los movimientos necesarios en la vida cotidiana de personas incapacitadas. Estos inteligentes animales aprendieron rápidamente la lección, convirtiéndose en aprendices de enfermeros y realizando las tareas más diversas: encender y apagar luces, lavar los platos, pasar las páginas de un libro, descolgar el teléfono, etc.

EL HAMADRÍAS: UN MONO QUE SE DESPLAZA A CUATRO PATAS

Animal venerado en el antiguo Egipto, su figura se encuentra en muchos monumentos, objetos de arte y en torrno a las momias.

El hamadrías, o papión sagrado, es un mono de gran tamaño que se desplaza a cuatro patas, como un perro. Contrariamente a muchos otros monos, no puede colgarse de los árboles, por lo que no frecuenta la selva. Vive en los lugares escarpados y rocosos de África y Arabia, a altitudes de entre 3.000 y 4.000 m. Se alimenta, sobre todo, de saltamontes, pero también asalta los cultivos.

Tiene el hocico alargado y una fuerte dentición: sus caninos son tan peligrosos como los de la pantera. Posee un feo trasero, formado por desagradables callosidades de un rojo escarlata. Cuando es joven se domestica con bastante facilidad. Es muy inteligente. Se le ve con frecuencia en manos de domadores ambulantes.

Los hamadrías viven en comunidades de 200 a 3000 individuos, regidas por los machos más viejos, y poseen un profundo sentido de la familia. Un macho puede tener varias hembras, pero si a alguna de ellas se le ocurre engañarle, la matará sin piedad. A pesar de estos arrebatos, el hamadrías raramente corteja a la pareja de otro.

Desde muy temprano, los pequeños se cuelgan con sus cuatros patas del vientre de la madre, que los colma de atenciones. Pero cuando crecen, se montan a caballo sobre ellas, cual aguerridos jinetes. Si hacen alguna tontería, los padres no dudan en darles unos azotes.

LA HIGIENE DEL MACACO

El macaco japonés es muy ingenioso, y capaz de adaptarse a muchas situaciones novedosas. Uno de sus alimentos preferidos es la patata dulce o batata. Contrariamente a otros animales, que se la comerían sucia y sin lavar, el macaco la frota con agua quitándole la tierra y la arena con las manos. Un curioso ejemplo de limpieza.

LA EXTRAORDINARIA FUERZA DEL MANDRIL

Ten cuidado con este mono y no te aproximes demasiado. Con su hocico y sus coloreadas posaderas presenta un aspecto muy cómico, y sin embargo, no tiene muy buena reputación. Siembra el terror en la selva africana, y es capaz de devorar a un pequeño antílope.

Su fuerza es también legendaria, equivale a la de cuatro hombres fornidos, y a menudo ataca a indígenas y exploradores. En cierta ocasión, atacó a dos franceses en el coche en el que se habían refugiado.

Dentro del grupo, los jefes se comportan con gran tiranía. Cuando se enfurecen, los machos erizan el pelo y muestran los colmillos. El primer y mejor bocado le corresponde al jefe del grupo, que suele ser un macho viejo, quien se reserva además todas las hembras. En las tropas el número de miembros de ambos sexos es igual, por lo que un macho generalmente sólo se aparea con una hembra y en ocasiones con dos.

Son agresivos; para escapar de la ira del mandril es aconsejable no tocarlo, ni mirarle fijamente a los ojos ni fotografiarlo demasiado cerca, mucho menos utilizando el flash; no ofrecerle comida, y si muestra los dientes, darle la espalda y alejarse discretamente.

LOS GORILAS

Son unos animales impresionantes en cuanto a peso y tamaño. El gorila de las montañas de Uganda, Zaire y Ruanda, mide 1,75 m y pesa 195 kg.

La edad media de un primate, en estado salvaje, es de 50 años.

En el zoo de San Diego, en California, un gorila alcanzó la edad de 18 años. Al morir, pesaba 288 kg frente a los 310 kg que ostentaba cuando gozaba de buena salud. En el zoo de Kobé, en Japón, vive hoy un gorila de 285 kilos.

El mono más pequeño del que se tiene noticia es el tití enano, cuyo cuerpo mide cerca de quince centímetros. Se encuentra en Colombia, y algunos indígenas acostumbran a llevarlo sobre su cabeza para que se la limpie de parásitos.

También ha sido citado el caso de un babuino, que hacía las veces de pastor, cuidando un rebaño de cabras en una granja de Namibia.

Se aconseja a todo aquel que se pierda en la selva ecuatorial del Amazonas, que siga a un mono y coma lo mismo que él. En último término, y a falta de otra cosa, siempre podemos comernos al mono. (Es un chiste que cuentan en Brasil).

LOS ANIMALES EN LA GUERRA

Desde siempre, los animales han sido utilizados con fines militares.

Así, Ramsés el Grande lanzaba leones contra sus enemigos. Los mongoles y persas transportaban sus cañones a lomos de elefantes y también Aníbal utilizó magníficos elefantes para atravesar los Pirineos, el Ródano y los Alpes.

En el año 525 a.C., durante la toma de la ciudad egipcia de Pelusa, los persas utilizaron gatos como escudo, atándolos a su vientre. Como los gatos eran sagrados para los egipcios, éstos no se atrevieron a disparar sus flechas por temor a herirlos.

Desde la Antigüedad, la paloma mensajera ha desempeñado un papel destacado, especialmente en las operaciones militares: la batalla de Waterloo, el asedio de París en 1870-1871, la batalla de Verdún...

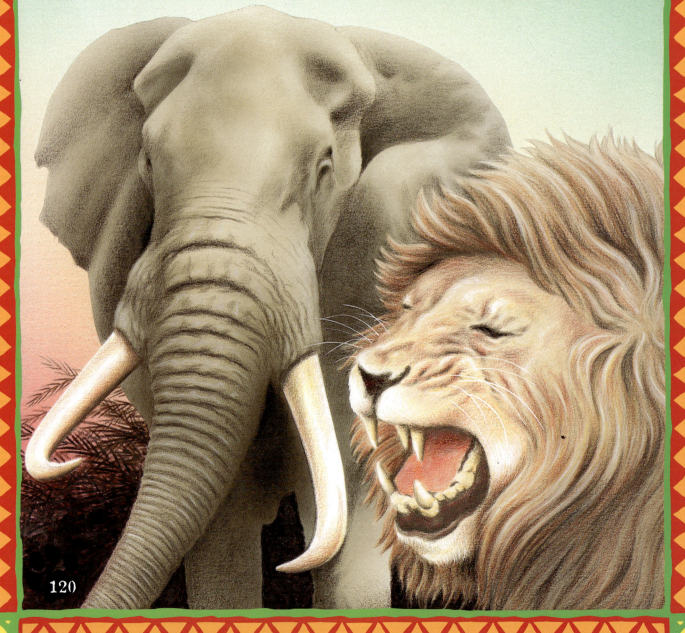

LONGEVIDAD DE LOS ANIMALES

Una tortuga puede llegar a vivir, fácilmente, 100 años. De hecho, se conoce el caso de una tortuga terrestre que alcanzó la edad de 152 años. En 1769, Dufresnes la trasladó desde las islas Seychelles a la isla Mauricio, en 1908 perdió la vista, muriendo accidentalmente en 1918. Se sabe también de un molusco que vivió 220 años, edad inferida tras el estudio de las estrías de crecimiento de su concha.

El promedio de vida de la ballena está entre los 90 y 100 años. El del elefante se sitúa alrededor de los 30 años, aunque algunos pueden alcanzar los 70. Una anguila puede vivir 50 años. Un camello, entre 40 y 100 años. El caballo llega a vivir entre 20 y 25 años. El perro, sobre los 15 años. El conejillo de Indias sólo 3 años. La ardilla entre 8 y 9 años. El rinoceronte entre 36 y 50 años. El chimpancé oscila entre los 20 y 30 años. El ratón sólo vive entre 1 y 3 años.

Las menos afortunadas al respecto son las efémeras, unos insectos que sólo alcanzan a vivir entre una hora y unas pocas semanas, según las especies.

LOS DOS NACIMIENTOS DEL CANGURO

En realidad, el bebé canguro nace dos veces. Un fenómeno único entre los mamíferos. La primera vez, llega al mundo un feto de 2,5 cm, que pesa sólo unos gramos. Pero esta criatura, pequeña e indefensa, no permanece expuesta durante mucho tiempo. Debe alcanzar por sus propios medios la bolsa ventral, o marsupio, de la madre, y sólo dispone de dos minutos para llegar a ella desde la vagina. La madre le deja que se las componga él solito. Si fracasa, morirá en seguida. Llegado a buen puerto, repondrá fuerzas mamando de mamá canguro. Durante ocho meses el pequeño permanecerá allí, protegido por el calor de la madre, a veces durante más tiempo. Después, saldrá del seno materno para enfrentarse a los peligros del mundo exterior. Será su segundo nacimiento.

LA RISA DE LAS HIENAS

Las hienas emiten un sonido semejante a la carcajada humana. Este sonido se oye sobre todo cuando el animal ha encontrado alguna carroña o alimento y con especial intensidad en época de celo.

EL MAMÍFERO TERRESTRE MÁS ALTO

La jirafa puede llegar a medir más de seis metros y aunque parezca increíble, el cuello de la jirafa sólo tiene siete vértebras cervicales, que son muy alargadas para poder sostener su largo y musculoso cuello.

Vive en regiones secas y con arbolado disperso situadas al sur del desierto del Sahara.

Uno de sus principales alimentos son las hojas de las ramas más altas de las acacias, que arrancan con su larga lengua junto con su labio superior.

Debido a su gran peso, que puede llegar a los 800 kg, y a su especial forma de galopar, parece como si se moviera a cámara lenta, aunque puede alcanzar los 56 kilómetros por hora.

LA OVEJA: GRAN AMIGA DEL HOMBRE

Se llama carnero al macho de la oveja y cordero o borrego a las crías, dependiendo de la edad que tengan.

La oveja domestica ha desempeñado un papel muy importante para la especie humana que ha aprovechado su cuero y su lana para la confección de prendas de vestir o para hacer alfombras, su carne para comer y su leche para el consumo y la producción de queso.

¡HUY! ¡CÓMO PINCHA!

Con sus 16.000 púas, el erizo se hace respetar. Cuando se siente amenazado, hace una bola con su cuerpo, estrategia que pese a ser eficaz, no impide que aves rapaces, búhos y tejones acaben descubriéndole.

Pero su verdadero enemigo es el automóvil; es frecuente encontrar erizos aplastados sobre la calzada. Y es que, al nacer, son ciegos.

¿Cómo conseguir un erizo? El mejor medio de atraerlo es poniéndole cerca un plato de leche. Más de un erizo ha sucumbido ante lo que para ellos es una golosina.

EL GATO SE MOFA DE SU AMO

El célebre zoólogo inglés Desmond Morris ha estudiado en profundidad la vida del gato. Entre un gran número de revelaciones, he aquí una muy curiosa. ¿Por qué el gato lleva a su amo una rata, un pájaro o un pez que acaba de capturar? Para hacerse notar, para demostrar que es hábil, pero sobre todo, porque considera a su amo incapaz de realizar esta hazaña.

El gato es un animal muy amigable, pero tiende a mostrar su superioridad en este terreno.

EL ZORRO ES JUGUETÓN Y PREVISOR

Una vez que ha saciado su apetito, el zorro rojo juguetea con el roedor que ha apresado vivo.

Mientras los recién nacidos son todavía ciegos, el zorro apenas abandona la madriguera, alimentándose tan solo de las provisiones que ha almacenado.

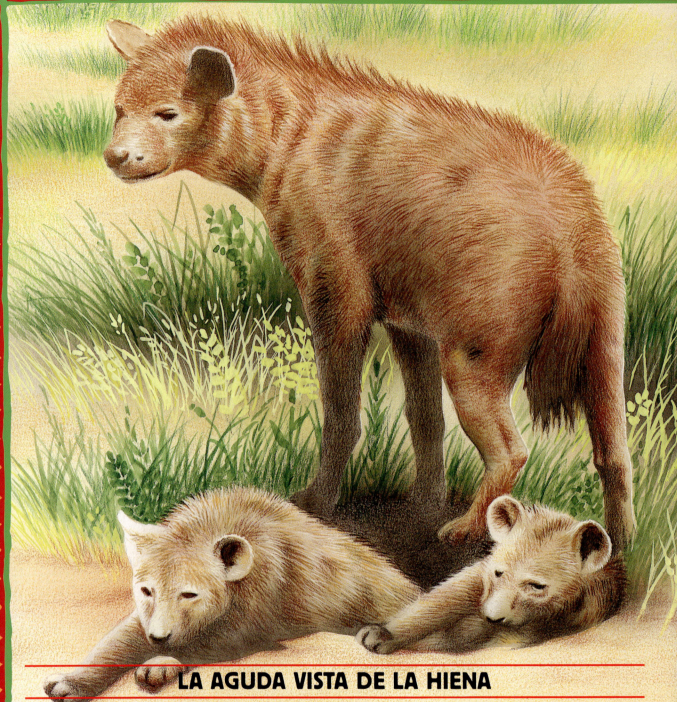

LA AGUDA VISTA DE LA HIENA

La hiena es el animal con peor reputación de toda la selva. Cuando anda, se diría que cojea. Se dice que es ruin y cobarde, y que se alimenta de cadáveres. Caza durante la noche, por lo que pasa la mayor parte del día durmiendo. Posee una vista tan aguda que es capaz de correr, en plena noche, a 40 km/h. Se alimenta, principalmente, de carroña, sobre todo de cadáveres en descomposición. Sus presas favoritas son el ñu, el antílope y animales herbívoros que ven mal en la oscuridad. Otro plato que le gusta mucho: los cuerpos de los guerreros masai que, una vez muertos, son abandonados. Un rito ancestral.

MAESE ZORRO

El zorro es ladino, imaginativo, y un gran farsante. Se encuentra, sobre todo, en los campos, pero también se le ha visto merodear por los basureros públicos de algunas ciudades. En Montrouge, en las afueras de París, han sido descubiertas algunas de sus madrigueras, y en el centro de Londres, cerca de una boca de metro, fue visto un zorro. Otro ejemplar fue perseguido por un coche de policía, pero le dio esquinazo.

Desgraciadamente, transmite la rabia, de manera que a menudo se le suele dar caza, como si de un conejo se tratara. Solamente en Alemania, se matan cada año unos 200.000 zorros.

LOS GATOS EGIPCIOS

Se calcula que existen en España algo más de cinco millones de gatos, frente a los 42 millones de Estados Unidos.

El origen del gato se remonta al tiempo de los faraones de Egipto, hace 4.000 años, donde eran objeto de verdadero culto. En compañía de sus amos, y atados con una correa, solían cazar animales acuáticos y también eran utilizados para perseguir a las ratas que destruían las cosechas. Cuando morían se les guardaba luto, y quienquiera que matase a uno de ellos, pagaba con su vida.

En el siglo pasado, en la localidad egipcia de Beni–Hassan, se descubrió un cementerio de 300.000 gatos, embalsamados y momificados desde hacía milenios. Curiosamente, el gato es hoy un animal más bien escaso en este país.

UN GATO MILLONARIO

Hacia mediados del siglo XVIII, el gato fue aceptado de nuevo, solicitándose sus servicios para cazar ratas. Un buen gato podía llegar a matar 7.000 ratones y 3.600 ratas en un año. Se cita el caso más reciente de un gato escocés que, en 20 años, dio caza a más de 20.000 ratones. A partir de esta época, el gato se convirtió en uno de los mejores amigos del hombre, hasta tal punto que, en 1978, una rica y excéntrica americana legó toda su fortuna a su gato.

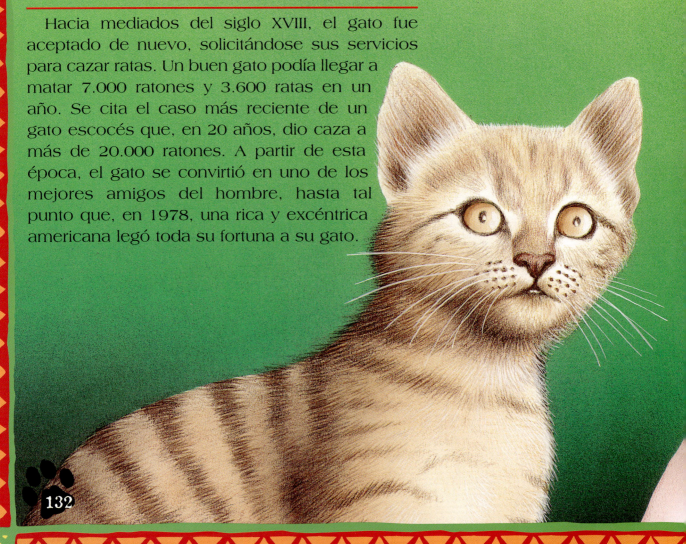

ALGUNOS RÉCORDS DE LOS GATOS

Hay gatos que llegan a vivir muchos años. En Inglaterra, en 1939, se dio el caso de uno que vivió 36 años. El gato más raro es el esfinge, un gato sin pelo, del que se conocen cinco ejemplares en toda Francia. Otro gato también curioso es el maine coon, originario del Canadá, que puede llegar a pesar hasta 14 kg y del que, desgraciadamente, existe un reducido número de ejemplares.

El récord de maternidad lo ostenta una encantadora hembra, que en los años cincuenta trajo al mundo 420 criaturas, repartidas a lo largo de 17 años. Otra dio a luz, en la misma camada, a 19 pequeños. El gato es el mamífero que más tiempo emplea en dormir, entre 14 y 18 horas diarias.

En resumidas cuentas, si el hombre quiere tanto al gato es por sus numerosas cualidades. Es un animal silencioso, sorprendente y hábil. Posee un gran sentido de la orientación.

EL CORAZÓN DE ORO DEL DOGO DE BURDEOS

Es uno de los más antiguos perros franceses. Se dice que desciende de un perro tibetano llevado a Roma por las caravanas de mercaderes asiáticos.

Este animal siempre ha sido muy apreciado; durante la invasión de las Galias se hallaba entre las filas romanas, en las que defendía a las tropas de intendencia de los asaltos de los ladrones. Durante siglos, en las arenas del suroeste de Francia, se les enfrentó a osos y toros, entablándose terribles combates que apasionaban a las masas.

El dogo de Burdeos es un atleta fuerte y rechoncho que pesa cerca de cincuenta kilos. Su cabeza es firme y voluminosa, su cuello musculoso e imponente, y se defiende como un auténtico boxeador. No encuentra ninguna dificultad para derribar a un hombre.

Y, sin embargo, bajo ese aspecto inquieto, se esconde un perro con un corazón de oro. Es paciente y no conoce la traición, capaz de ofrecer infinita ternura a su dueño, ante el que es todo devoción. No hay nada que se le escape, alerta siempre al menor ruido, y es dulce con los niños. De lo cual se deduce que no hay que fiarse de las apariencias.

¿ES TAN FEROZ EL BULLDOG?

Eso parece, a juzgar por lo que cuentan de él sus víctimas, en su mayoría ladronzuelos, curiosos, ingenuos y «valientes».

Sólo con observar el aspecto de este perrazo de presa ya da pavor. Grande, robusto, de espeso y corto pelaje blanquirrojo, asustan sus fuertes extremidades y hace temblar su cara aplastada, que recuerda la de un boxeador furioso. Gruñe, ladra, salta, corre y da crueles dentelladas con sus terribles mandíbulas, llegando a matar a sus víctimas en algunos casos.

Oriundo de Inglaterra, el bulldog suele emplearse como guardián de fincas y mansiones. Pero también se le destina a encarnizadas luchas clandestinas contra otros perros, con elevadas apuestas de por medio. Incluso a veces los delincuentes aprovechan su furia para que colabore con ellos en sus robos o secuestros; sólo es cuestión de saber adiestrarlo.

LOS PERROS

Se calcula que en Estados Unidos existen 46 millones de perros, frente a los 9 millones que viven en Francia y los 6 millones de España.

Los más grandes son el danés y el lebrel irlandés; entre los más pequeños se hallan los chihuahuas, los yorkshires terriers y los toy caniches; siendo adultos, los hay que pesan menos de 500 gramos.

El perro tahltan es el más raro. En otro tiempo fue utilizado por los indios en la caza mayor. En la actualidad sólo existen dos hembras estériles.

Los cachorros shar-pei constituyen la raza más cara.

En el pasado, y con mucha frecuencia, los perros fueron empleados con fines militares. Así, por ejemplo, Enrique VIII envió a más de 500 dogos contra el ejército de Carlos V. Todavía hoy, el ejército posee sus propios perros.

Los perros esquimales pueden cubrir distancias de 650 km en 74 horas. El hombre los utiliza hoy para participar en competiciones de tiro que tienen lugar en las pistas de nieve del Jura, los Vosgos y los Alpes. Finalizado el invierno, se les entrena en el campo y en la playa. Se les engancha después a un kart (trineo de tres ruedas) o a una bicicleta y se les hace correr también tras un caballo al galope. Gracias a estos robustos perros ha nacido un nuevo deporte.

Al igual que los gatos, los perros son también capaces de encontrar a su amo aún estando a muchos kilómetros.

LA TIMIDEZ DEL COBAYA

El cobaya es un pequeño y encantador animal de compañía, pero muy tímido. Cualquier cosa le asusta. Sólo con mucha paciencia y cariño se obtiene su confianza. Después se paseará libremente por el apartamento o la casa. Hay que tener cuidado con los cables eléctricos, pues al roerlos podría electrocutarse. Lo mejor es prepararle una caja para que haga su nido.

EL CASTOR LEÑADOR

El castor es un infatigable constructor. Para construir sus casas y diques, es capaz de abatir árboles de 40 a 50 cm de diámetro. ¡Un trabajo titánico! Y todo ello sin ayuda de sierra. Sólo para arrancar un kilo de madera, acciona mil veces sus mandíbulas.

LOS OSOS POLARES

Al nacer, los oseznos son ciegos y carecen de pelo. Pero al llegar a adultos, son capaces de romper, de un solo bocado, el cuello de una foca.

Para conocer mejor las costumbres del oso polar, algunos investigadores los duermen, disparándoles inyecciones que contienen un somnífero. Después les ponen un collar provisto de una radio. Estos pequeños aparatos están dotados de una diminuta batería y un emisor que envía señales a un satélite artificial situado sobre el polo. De este modo podemos conocer, en todo momento, la situación exacta de los osos polares. Los científicos han descubierto que algunos osos emigran a miles de kilómetros, desde Alaska, Siberia oriental o Groenlandia, a las islas Svalbard.

LA LLAMA

Son unos animales muy importantes en los Andes. Sirven como bestias de carga, ya que pueden soportar pesos de hasta 90 kg durante 12 horas seguidas. Proporcionan carne, leche, lana para tejer ropa, el pelo se trenza para hacer cuerdas, la piel se curte para confeccionar artículos de cuero, la grasa se utiliza para hacer velas y los excrementos desecados sirven como combustible.

EL LOBO DE CANADÁ

En Europa sólo es posible admirarlo en los parques zoológicos. Para verlo en su ámbito natural hay que desplazarse al sur de Canadá, donde la nieve se extiende hasta perderse de vista. Aquí, los lobos viven agrupados en jaurías de una docena de individuos.

El aullido del lobo es de lo más lúgubre, y produce escalofríos. Su desarrollado sentido del olfato le permite advertir la presencia de un ser vivo a una distancia de varios centenares de metros. Normalmente huye del hombre, y si en alguna ocasión lo ataca es porque tiene hambre o miedo. En este caso su reacción es terrible, ya que posee una mandíbula lo suficientemente fuerte como para partir una pierna de un sólo bocado. Pero por lo general, prefiere tirarse al cuello. ¡Brrrrr!

¿OSOS CANÍBALES?

En 1986, tres zoólogos afirmaron que el oso polar devoraba a sus pequeños. Esta teoría se ha visto reforzada posteriormente por numerosos testimonios de esquimales, meteorólogos y cazadores, quienes observaron que, en las islas Spitzberg, todos los osos estaban afectados por la triquina, parásito que suele transmitirse a través del canibalismo. Lo cierto es que los machos no dudan en atacar a las hembras y a sus crías para procurarse carne fresca. Si está hambriento ataca al hombre; más de un esquimal ha sido presa de sus garras.

LA GRASA DEL OSO

Un oso polar hambriento puede devorar de una sola vez más de 60 kg de carne de foca. De este modo acumula una gruesa capa de grasa que le permitirá vivir varios meses sin comer.

La hembra pasa el invierno en una «habitación», al final de un túnel de 15 m que previamente ha excavado con sus patas. Tras seis meses de ayuno absoluto, en los que amamanta a sus pequeños, aún no se atreve a salir al exterior; se aposta a la entrada de su guarida y permanece al acecho durante varios días. Cuando está segura de que ningún enemigo ronda por los alrededores, abandona el refugio con sus pequeños.

MAMÁ ANTÍLOPE DA A LUZ MIENTRAS CAMINA

El antílope es una especie de gacela de gran tamaño que puede ejecutar saltos de hasta 4 m de altura. Una maravilla de la naturaleza que alcanza velocidades máximas de 90 km/h.

Pero eso no es todo: el mechón de pelos blancos que poseen en las ancas, le permite alertar a la manada en caso de peligro. Cuando el enemigo está cerca, los pelos se despliegan, haciéndose más ostensibles, y la manada huye espantada.

Pero sin duda, lo más extraordinario es el nacimiento del bebé antílope, ya que la madre da a luz al tiempo que camina en busca de alimento. Su embarazo dura 6 meses.

LA TRAICIONERA LENGUA DEL OSO HORMIGUERO

Para capturar hormigas y termitas, el oso hormiguero se sirve de la lengua, recubierta por una sustancia densa y pegajosa que mana de su minúscula y desdentada boca a una distancia que puede sobrepasar 0,40 metros.

Tras destruir con sus poderosas patas el hormiguero o la termitera, introduce su lengua, en la que los propios insectos quedan atrapados. El oso hormiguero vive, principalmente, en América del Sur, hasta el norte de Argentina. Mide alrededor de 1,5 m y tiene una cabeza estrecha, mal oído y pésima vista; posee, en cambio, un sentido del olfato muy desarrollado, debido seguramente a la longitud de su hocico.

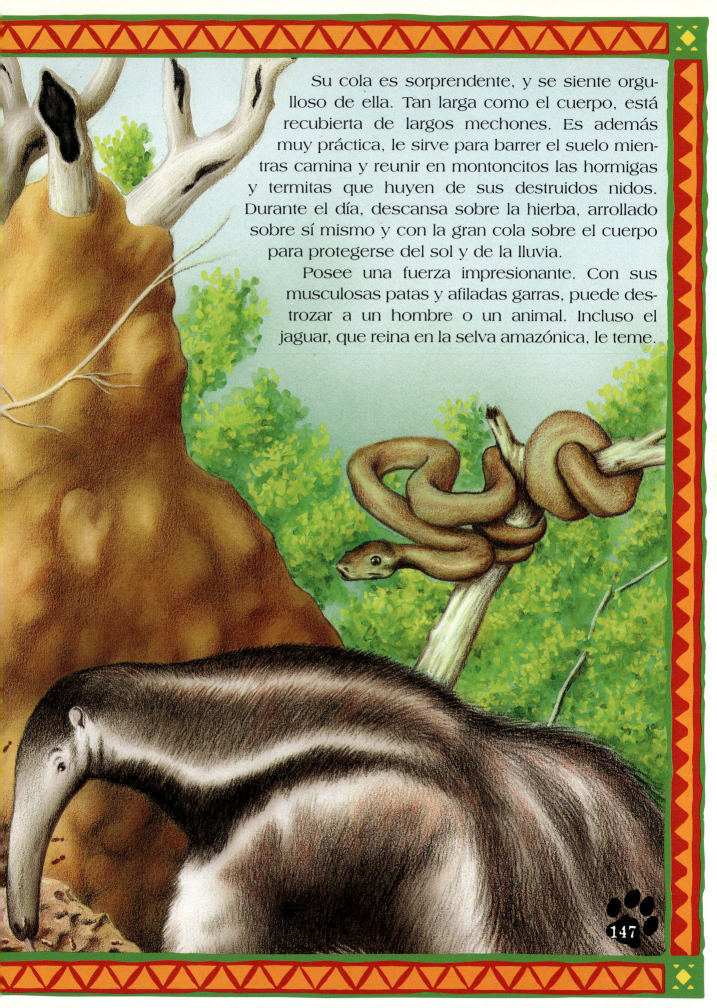

Su cola es sorprendente, y se siente orgulloso de ella. Tan larga como el cuerpo, está recubierta de largos mechones. Es además muy práctica, le sirve para barrer el suelo mientras camina y reunir en montoncitos las hormigas y termitas que huyen de sus destruidos nidos. Durante el día, descansa sobre la hierba, arrollado sobre sí mismo y con la gran cola sobre el cuerpo para protegerse del sol y de la lluvia.

Posee una fuerza impresionante. Con sus musculosas patas y afiladas garras, puede destrozar a un hombre o un animal. Incluso el jaguar, que reina en la selva amazónica, le teme.

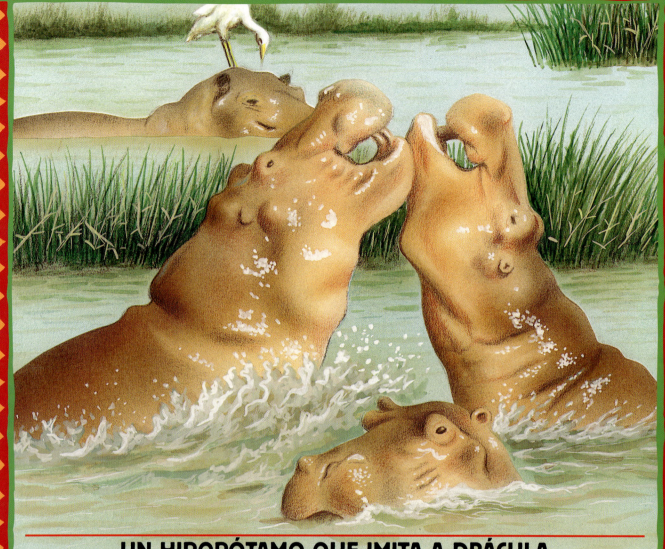

UN HIPOPÓTAMO QUE IMITA A DRÁCULA

Hasta hace poco tiempo, vivía en las proximidades del lago Manyara, en Tanzania, un enorme hipopótamo, provisto de un canino que sobresalía 50 cm de su boca. Llegado al estado adulto, se había convertido en el terror de la manada, pues su diente, que pesaba 6 kg era más mortífero que un machete. Los turistas le habían aplicado el sobrenombre de *Drácula,* en vista de su afición por la sangre. Este voluminoso «vampiro» gustaba de batirse en duelo con tres o cuatro machos para poder apropiarse así de todas las hembras.

Afortunadamente, el resto de los hipopótamos no se le parecen. Sin embargo, se sabe que la hembra cuando cría, se vuelve muy agresiva.

Los hipopótamos son animales herbívoros (consumen diariamente 80 kg) que detestan la carne. Por la noche se alejan varios kilómetros de la orilla para conseguir provisiones. Como utilizan siempre los mismos recorridos, terminan por crear verdaderos senderos.

Un aspecto divertido de estos animales es que utilizan la espalda de sus congéneres para reposar confortablemente su enorme cabeza.

LOS ELEFANTES

Los elefantes viven agrupados en manadas. El pequeño elefante pesa, al nacer, unos cien kilos y mide un metro. Su madre le amamanta durante los dos primeros años, y no llega al estado adulto hasta los 18 años, siempre y cuando no tropiece con un cazador furtivo. Entre finales del siglo XIX y principios del XX, se cazaban más de 50.000 elefantes al año. En la actualidad es un animal que se halla en vías de extinción.

En el parque de Samburu, en el norte de Kenia, existen entre 400 y 500 ejemplares en libertad. Cuando sus dientes están muy gastados, el elefante viejo se retira a zonas pantanosas, en las que crecen hierbas acuáticas más tiernas, y donde acaba muriendo. Se dice también que dispersan las osamentas de sus congéneres, rompiendo las defensas contra las rocas y cubriendo los cadáveres con ramajes.

EL RINOCERONTE DE UN SOLO CUERNO

En el inmenso parque natural de Chitwan, en Nepal, viven 250 rinocerontes de un solo cuerno, especie que ha pasado a ser bastante escasa y de la que únicamente quedan un millar de ejemplares en el mundo. Este rinoceronte asiático posee además una gruesa coraza de cuero.

En la época de las grandes lluvias monzónicas, el suelo de la sabana se convierte en una verdadera ciénaga. Estas enormes bestias abandonan entonces su territorio y vagan cerca de los poblados. Como estos *bulldozers* son sumamente miopes, embisten y destruyen todo aquello que se mueve. Es el «sálvese quien pueda» entre los habitantes de las proximidades.

LA RESISTENCIA DEL CAMELLO

Gracias a su resistencia, el camello ha sido designado con el sobrenombre de «barco del desierto». Durante mucho tiempo, se pensó que podía permanecer varios días sin beber gracias al agua acumulada en sus jorobas. Después, se habló de las reservas de grasa, acumuladas en el mismo sitio. En 1986, unos investigadores israelitas causaron sensación al afirmar que el secreto del camello reside en sus mucosas nasales, cuya superficie ofrece 1.000 cm², frente a los 10 cm² del hombre.

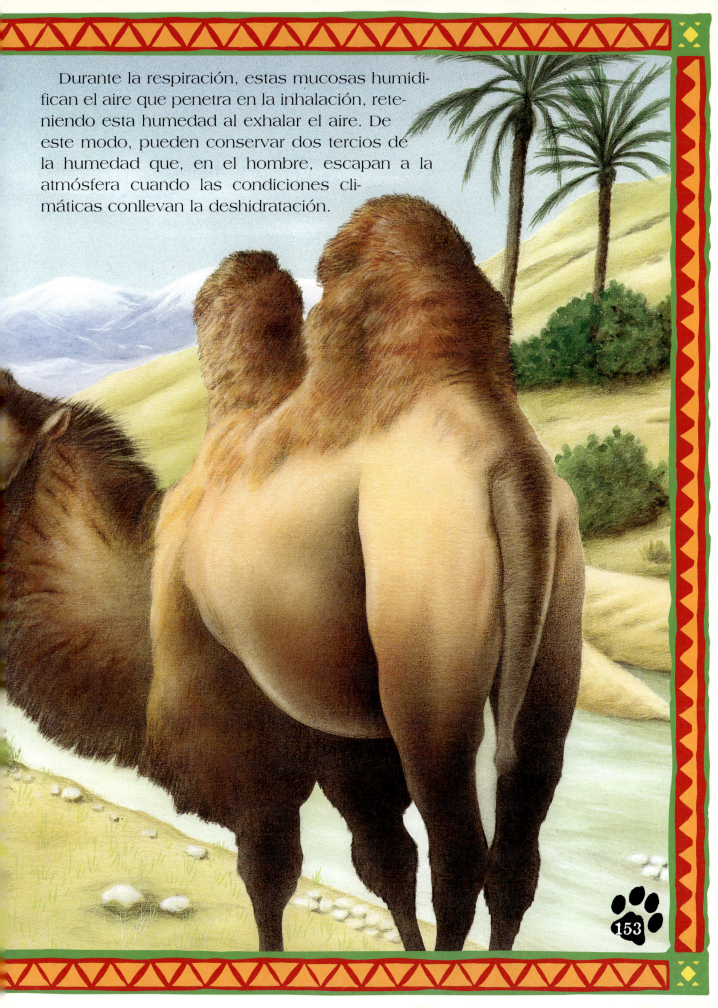

Durante la respiración, estas mucosas humidifican el aire que penetra en la inhalación, reteniendo esta humedad al exhalar el aire. De este modo, pueden conservar dos tercios de la humedad que, en el hombre, escapan a la atmósfera cuando las condiciones climáticas conllevan la deshidratación.

LUCHAS DE CAMELLOS

Existe una pequeña ciudad en la provincia de Anatolia, en Turquía, donde se organizan, cada año, combates de camellos. Estos camellos son el resultado del cruce entre un dromedario hembra y un camello.

En realidad, son animales pacíficos, pero se les adiestra para que aflore en ellos la agresividad. Y lo consiguen suministrándoles trigo, cebada, avena y forraje durante todo el verano. A medida que aumentan de volumen, estos camellos se vuelven más agresivos, y desde diciembre hasta febrero sólo desean batirse.

Los combates están limitados a un cuarto de hora, y pierde aquel que abandona el campo, emite gritos de dolor o cae al suelo. Si transcurridos los quince minutos reglamentarios, ninguno de los dos contendientes ha ganado, el combate es declarado nulo. La gente atraída por estos combates acude desde lugares muy alejados para apostar por su camello favorito.

LOS CAMELLOS SAGRADOS DE PUSHKAR

Todos los años, y coincidiendo con una fiesta religiosa, tiene lugar en Pushkar, localidad situada en el norte de la India, la mayor feria de camellos de toda Asia.

En la India, el camello es utilizado para la montura y como bestia de carga. Son muy apreciadas su carne y su leche, mientras que sus excrementos se utilizan como combustible.

LA FUERZA HERCÚLEA DEL ORICTEROPO

El oricteropo, o cerdo hormiguero, vivía hace ya miles de años. Esta especie de cerdo salvaje, que mide de 1,5 a 2 m, habitaba en todo el planeta, aunque en la actualidad sólo se encuentra en África. Vive en regiones boscosas, pero sólo allí donde existen numerosos termiteros. Su extraordinaria fuerza le permite destruir estas sólidas construcciones, de hasta 2 m de alto, hechas de tierra mezclada con saliva de las propias termitas, y que parecen construidas con hormigón. Pero nada hay que se resista a sus potentes y musculosas patas delanteras, armadas de poderosas uñas adecuadas para la excavación y la demolición de los termiteros.

Introduce su hocico en las galerías rebosantes de insectos, que se adhieren a su viscosa lengua, los tritura con sus molares y, cuando está saciado, se queda dormido, a veces, incluso en el mismo termitero, ajeno a las mordeduras de miles y miles de termitas que recubren su cuerpo, hasta tal punto es gruesa su piel.

Su actividad es principalmente nocturna. Durante el día, duerme en su madriguera. Si el alba le sorprende en plena cacería, lejos del hogar, construye rápidamente un refugio.

Sus patas traseras proyectan a más de 4 m de altura las piedras y terrones que desentierran las delanteras. Una auténtica fuerza de la naturaleza.

EL LÉMUR: UN ACRÓBATA

El lémur es un sorprendente animal que vive, en agrupaciones de numerosos individuos, en los bosques de Madagascar. Bien dotado para la acrobacia, se desplaza sobre el suelo con pasitos cortos y rápidos.

Algunos utilizan su olor para defenderse de sus enemigos. Después de haber frotado su larga cola –blanca y negra formando anillos–, contra las glándulas odoríferas situadas en sus antebrazos, el lémur la lanza a modo de látigo contra el rostro del intruso. En ocasiones, se baten entre ellos mismos, resultando vencedor aquel que resiste al mal olor del otro.

Las hembras dominan el grupo; los demás van tras ellas en la manada. Si un lémur resulta herido, sus compañeros le consuelan emitiendo gritos de desesperación. Incluso se ha llegado a decir que estando la muerte próxima, el lémur es capaz de llorar.

LA HABILIDAD DE LA RATA

La rata es un animal tremendamente goloso que, para apoderarse de sus viandas preferidas, despliega toda su imaginación. En el caso de que la comida se encuentre situada sobre un estante, no duda en practicar la escalada. Pero su gran debilidad es el aceite. Si la botella que lo contiene es de cristal, roe el tapón, introduce su cola y después la deja gotear en la boca de sus compañeras.

La rata ataca también las tuberías y roe los cables de plástico, siendo responsable del 50% de los incendios ocasionados por cortocircuitos.

EL FESTÍN DEL ERIZO

Al caer la noche, el erizo sale de caza. Se le oye soplar, resoplar y gruñir mientras se desliza bajo la maleza. Sus bocados preferidos son las lombrices, los gusanos, limacos y caracoles. También le gustan las ranas, los huevos, las crías de ave, la fruta y los reptiles entumecidos por el frío. Es un pequeño tragón, cuya ración diaria es de 200 g. En el invierno deja de comer, y de octubre hasta abril hiberna en solitario.

LA LEYENDA DE LA SALAMANDRA

La salamandra constituye casi un símbolo. Durante siglos se la ha considerado como un amuleto que trae buena suerte y también como una creación maléfica. Francisco I la escogió para figurar en su escudo de armas. En el techo de una de las habitaciones del castillo de Chambord, se han llegado a contabilizar hasta 330 salamandras que se debaten entre las llamas. Se debe a la leyenda que afirmaba que este animal podía traspasar el fuego sin quemarse.

Las gentes inventaron esta creencia al observar cómo unas salamandras escapaban de las cavidades de un viejo tronco de árbol cuando éste era puesto en la chimenea. La realidad es más cruel: como todo ser vivo, la salamandra perece en el fuego.

Se le acusa también de envenenar a la persona que la toca, lo cual es falso. En cambio, es cierto que ciertas glándulas de su piel segregan un líquido acre, cuya ingestión resulta tóxica. Pese a todo, es un simpático animal.

EL COCODRILO DEJA QUE LE LAVEN LOS DIENTES

¿Quién puede meterse en la boca de un cocodrilo? A primera vista, parece que ningún animal se atrevería. No obstante, existe un pájaro conocido como el «guardián del cocodrilo» que se aventura tranquilamente entre sus fauces para alimentarse de los restos de comida que quedan en la boca del animal. A cambio, el pájaro libera al cocodrilo de numerosos parásitos, especialmente sanguijuelas, que infestan sus encías. El cocodrilo tolera y agradece la colaboración del pájaro.

EL TUÁTARA: UN EXTRAÑO REPTIL

El tuátara es un extraño reptil que vive en la isla neozelandesa de Karewa. En la misma isla, en un lugar poco más grande que un escollo, tiene su residencia un pájaro llamado pufino. A pesar de que el espacio es pequeño, los dos animales han aprendido a vivir en comunidad: el pufino construye el nido, y el tuátara, que es un formidable devorador de insectos, contribuye a tenerlo limpio. De esta manera, un pájaro y un reptil viven como buenos amigos.

DESCONFIADA COMO UNA NUTRIA

La nutria vive en las aguas limpias de ríos, arroyos y estanques. Advierte la presencia de un hombre o un perro a varios centenares de pasos, por lo que es necesario armarse de paciencia para poder observarla. Muchas nutrias son de hábitos nocturnos. Para encontrarlas, lo mejor es seguir la pista de sus huellas y excrementos, así como de su olor, ligeramente dulzón.

Se reconocen también por la tierra extraída al excavar sus madrigueras subterráneas y por las sobras de sus comidas, restos de sapos y peces. En el otoño, se dan grandes panzadas de arándanos. Cuando se agota la pesca emprende largos viajes a las altas montañas, según se ha podido comprobar por sus huellas en la nieve. La carne de nutria es indigesta y poco apetitosa; su piel, en cambio, es muy apreciada para hacer manguitos, gorros y cuellos, por lo que el hombre se ha convertido en uno de sus principales enemigos. En el hocico presenta unos largos bigotes de hasta 25 centímetros.

EL INFIERNO DE LAS TORTUGAS LAÚD

Todos los veranos, las tortugas laúd dejan el mar para poner sus huevos en las playas de la Guayana francesa. Esta expedición no está exenta de obstáculos. De cien tortugas, al menos doce mueren al intentar ganar la costa. Cada año, disminuye en el mundo el número de tortugas laúd: en la actualidad su número no sobrepasa los 100.000 ejemplares.

Existen varias razones para explicar esta progresiva y penosa desaparición: algunas de ellas quedan atrapadas entre los troncos de madera y los bancos de arcilla. Deben también evitar las redes de los pescadores y escapar de los cazadores que buscan sus huevos, sin olvidar a los cazadores furtivos, que transforman su piel en bolsos y zapatos. Los turistas no son más considerados con ellas, pues se montan sobre sus caparazones, las atosigan con sus flashes, y encienden fuegos en la playa, lo cual las desorienta. A todo esto hay que añadir el despiste de la tortuga laúd, que suele confundir bolsas de plástico con medusas, y muere así envenenada en el océano.

Nada más salir del cascarón, los bebés tortuga se lanzan hacia el mar. A su regreso deben afrontar gran cantidad de peligros, entre los que se cuenta el iribú, un pequeño buitre de América tropical. En el desconcierto general, se pisotean las unas a las otras. Las supervivientes consiguen llegar al fin hasta el agua. Pero... ¡cuidado! Los cangrejos, peces-gato y tiburones, las aguardan. Sólo las más afortunadas sobrevivirán.

UNA TORTUGA DE ANDAR POR CASA

Resulta ser una compañía ideal la de esta pequeña tortuga griega, que puede vivir en un apartamento o en el jardín. Reconoce la voz de la persona que la cuida, e incluso responde por su nombre.

Es principalmente vegetariana, aunque tampoco le hace ascos a la carne.

En otoño deja de comer y se prepara para la hibernación. Con este fin, conviene reunir en el jardín un montón de hojas secas, paja y turba. Llegado el momento, se ocultará bajo esta improvisada residencia de invierno. Si no se dispone de jardín, lo mejor es instalarla en un caja de unos 40 cm de profundidad, llena a partes iguales de paja y mantillo, y colocarla después en el lugar más fresco de la casa. Sólo en primavera saldrá de su profundo letargo.

Si las condiciones en que vive son buenas, la tortuga griega puede llegar a vivir, fácilmente, más de cien años.

LA TORTUGA BARRENDERA

Escoge lugares arenosos y alejados del ajetreo humano. Pone unos 200 huevos. Tras realizar su puesta en un nido excavado en la arena, la tortuga marina tiene buen cuidado de volver a taparlo, con el fin de no atraer la atención de los depredadores. Para ello, barre rápidamente el lugar de la puesta. Esta tortuga es una de las mejores asistentas de la naturaleza.

EL CANGREJO ERMITAÑO

El cangrejo ermitaño es un crustáceo que vive en las conchas de los moluscos. Tras la muerte del propietario, el cangrejo toma posesión de ella y la convierte en su casa. Sus conchas preferidas son las de murex y bocinas, y para introducirse en ellas debe efectuar verdaderas contorsiones propias de una gimnasta, a pesar de lo cual, siempre sobresale alguna de sus pinzas.

A medida que crece, el cangrejo ermitaño cambia de vivienda, escogiendo conchas más grandes, sobre las que se fijan las anémonas de mar. Entre el cangrejo y la anémona se establece así una relación de mutuo beneficio: la anémona se desplaza fácilmente, alimentándose de los desechos del cangrejo, y éste a su vez se beneficia de la anémona, la cual defiende de posibles enemigos con sus tentáculos urticantes.

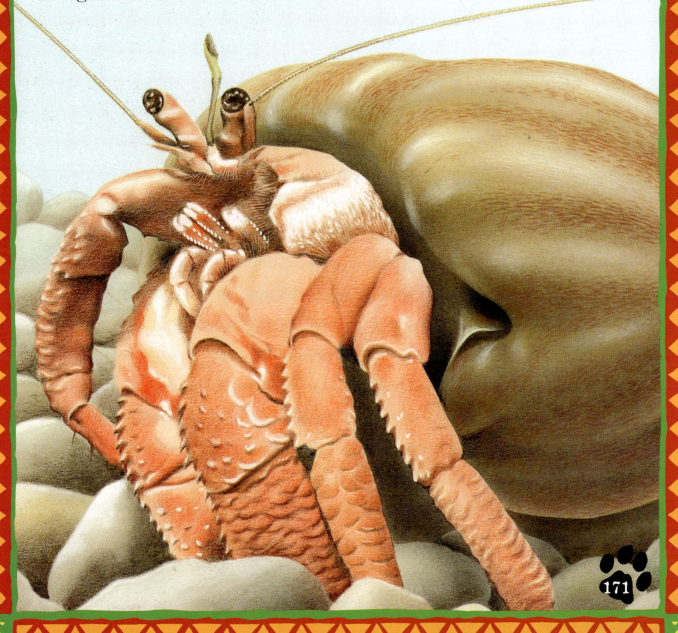

EL CARNÍVORO MÁS GRANDE DEL MUNDO

El oso polar blanco de Ártico puede llegar a pesar hasta 800 kg aunque el peso medio de las hembras es de 250 kg y el de los machos de 350 kg.

Los oseznos recién nacidos son muy pequeños y no sobrepasan el kilogramo de peso, por lo que viven en un iglú que construye su madre.

Los osos polares son excelentes nadadores, se sabe que son capaces de nadar hasta 80 km sin descansar.

EL SULTÁN DEL PACÍFICO

El león marino tiene un verdadero harén. A los siete años tiene ya seis hembras y llega a más de treinta cuando el macho alcanza la cuarentena.

El macho adulto puede medir hasta 3,5 m y pesar 1.100 kg. Las hembras son mucho más pequeñas y nunca sobrepasan los 350 kg de peso.

VORAZ COMO LA DORADA

Las doradas son peces que se agrupan en dos categorías: herbívoros y carnívoros. Estos últimos son conocidos por su voracidad. Rodean las barcas que faenan y esperan pacientemente que el cocinero de a bordo eche las sobras al agua. Este pez devora todo lo que pilla, incluso clavos y cuchillas de afeitar.

Puede medir hasta 1 m de largo, tiene reflejos dorados, se cría en el Mediterráneo y es considerado un buen manjar.

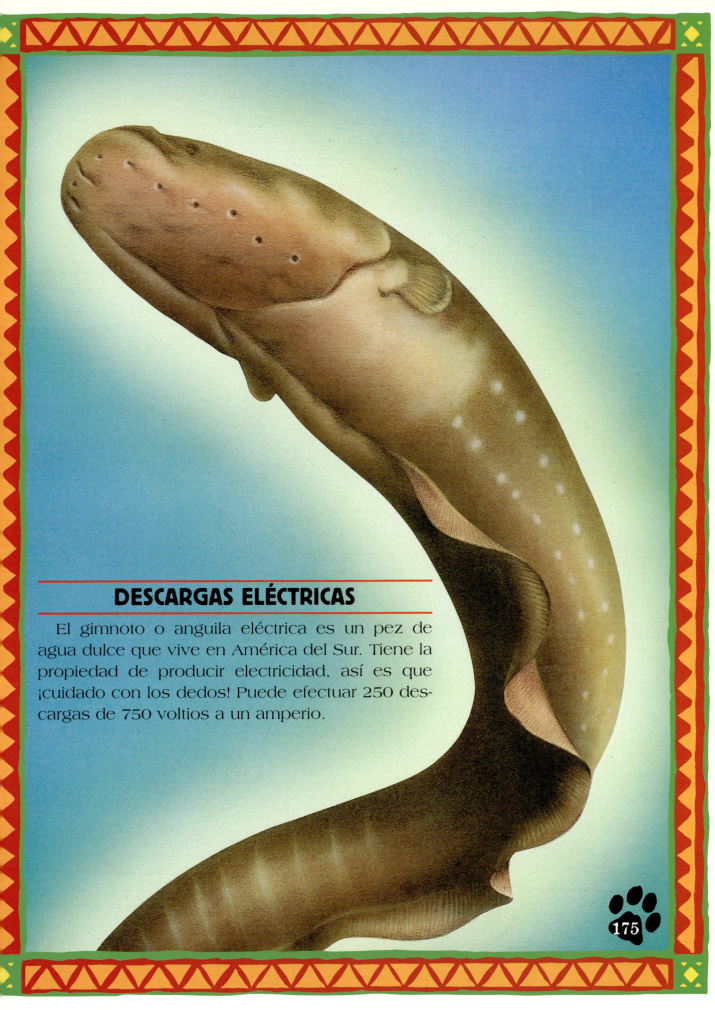

DESCARGAS ELÉCTRICAS

El gimnoto o anguila eléctrica es un pez de agua dulce que vive en América del Sur. Tiene la propiedad de producir electricidad, así es que ¡cuidado con los dedos! Puede efectuar 250 descargas de 750 voltios a un amperio.

LA CULEBRA, CAMPEONA DE NATACIÓN

La culebra de agua vive en toda Europa, parte de Asia y noroeste de África. Su tamaño varía con la latitud. En el sur, los machos miden 1,50 m, pudiendo alcanzar hasta 2 m.

Es una verdadera campeona de natación. Principalmente diurna, se vuelve muy activa cuando la temperatura se sitúa entre 14 y 33 ºC. El récord de vida de una culebra es de 19 años.

En el campo se dice que se amamanta de las vacas. ¿Verdad o mentira? Seguramente se trata de una leyenda, debida al hecho de que se encuentra con frecuencia cerca del estiércol, donde realiza sus puestas.

EL PEZ GATO IMITA AL CUCO

En 1986, unos científicos japoneses descubrieron en África un pez gato con un comportamiento cercano al del cuco. Es bien conocido que la hembra de este último hace su puesta en el nido de otros pájaros. Una vez salido del cascarón, la cría de cuco tira al vacío los huevos o crías del verdadero propietario.

Es en el lago Tanganika donde estos científicos han descubierto un pez con unos hábitos casi idénticos. La hembra pone sus huevos entre los de otros peces, pero de forma que eclosionen antes que los demás. De este modo, una vez que nacen los pequeños peces gato, éstos sólo tienen que alimentarse de los otros huevos.

UN BALLENATO QUE PESA 2,5 TONELADAS AL NACER

Al nacer, la cría de la yubarta, más macizo y menos esbelto que otros ballenátidos, pesa 2,5 toneladas y mide más de 4 m. La leche de la madre es tan rica y la toma en tales cantidades, que en una semana duplica su peso. El pequeño de la ballena azul toma 90 litros de leche diarios. Cada veinticuatro horas, crece 4 cm, es decir, engorda 4 kg por hora.

LOS CELOS DEL DELFÍN

El delfín es un mamífero muy inteligente y también sumamente celoso. Por lo general, cada familia cuenta con un macho y cinco o seis hembras.

La enorme pecera en la que habiten deberá ser profunda, ya que el delfín es muy púdico, y sólo corteja a sus compañeras cuando sabe que nadie le observa.

Cuando nace la cría, una amiga de la madre ayuda a ésta a subirlo a la superficie para que se familiarice sin dolor con la respiración. Para alimentarle bajo el agua, la madre le lanza un chorro de leche a presión.

EL CALAMBRE DEL TORPEDO

El torpedo es un pez, muy semejante a la manta marina, cuyo cuerpo está bien diferenciado en disco y cola. Posee una boca arqueada y con dientes puntiagudos. Vive en los mares tropicales y templados, sobre fondos arenosos y fangosos, en los que muchas veces permanece escondido alimentándose de animales bentónicos.

Pero su principal característica la constituyen dos órganos eléctricos en forma de riñón, situados entre las aletas pectorales y el cráneo. Se les llama vulgarmente «rembladeras» y «tremielgas».

Si se coge un torpedo con una mano en cada aleta pectoral se puede recibir una descarga mortal, lo que constituye para este animal un excelente sistema de defensa y captura de presas.

EL TUBO DE BUCEADOR DEL ESCORPIÓN DE AGUA

También llamado «pellizcador de pies» por los australianos, dada su costumbre de importunar en los pies a los bañistas, el escorpión de agua es un insecto acuático de 1,3 cm capaz de volar. Pero sólo cuando la sequía le obliga a buscar otro punto de agua.

Sin aire no pude vivir. Para respirar, la naturaleza le ha dotado de un aparato que se asemeja al tubo de buceador utilizado en la pesca submarina. Este tubo está formado por dos filamentos huecos, unidos por sedas. El aire circula por este tubo hasta los estigmas, orificios situados en el extremo del abdomen. El oxígeno pasa al cuerpo a través de una membrana perforada que recubre tres pares de falsos estigmas sobre los segmentos del centro del abdomen.

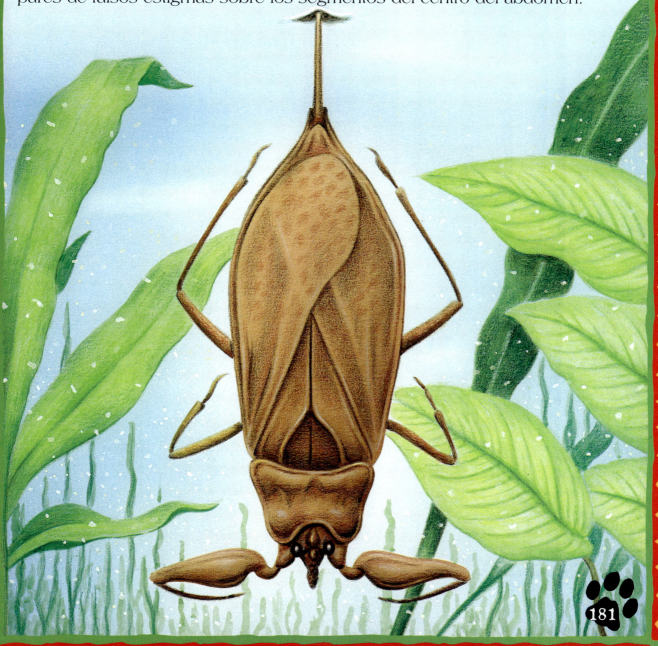

LA VELOCIDAD DEL PEZ VOLADOR

De un solo coletazo de su aleta caudal, el pez volador, también llamado exoceto, emerge del agua. Despliega después sus aletas pectorales y en unos tres segundos, a 2 ó 3 m sobre la superficie del agua, es capaz de recorrer una distancia de 50 m.

En el agua puede alcanzar una velocidad de 56 km/h, lo que le permite efectuar largos desplazamientos. El pez volador realiza sus puestas sobre algas, por ejemplo en el mar de los Sargazos. Los huevos se unen entre sí por unos filamentos largos y viscosos que los ayudan a flotar, dando lugar a unos amasijos apelotonados que suelen alcanzar el tamaño de un balón.

UNA RANA CAMPEONA DE SALTO

En caso de peligro, la «rana de las fresas», originaria de América del Sur, es capaz de superar en ciento cincuenta veces la longitud de su cuerpo, que mide sólo 2 cm. Es decir, que ejecuta saltos de hasta 3 m.

Este resultado es posible gracias a unas glándulas situadas bajo la piel, que inyectan en sus músculos una sustancia estimulante.

¡LAS PIRAÑAS ATACAN!

Las pirañas son pequeños peces carnívoros que viven en el Amazonas, capaces de devorar a un hombre en unos pocos segundos, dejando el esqueleto completamente limpio. Los indios no parecen temerlas, ya que se bañan en el río sin apenas prestarles atención. La razón de esta «valentía» es que sólo existe peligro en caso de que se produzca un súbito ataque en bandada.

Bastan veinte segundos para que uno de estos peces arranque 200 g de carne de su víctima. Gracias a esta voracidad, el río Amazonas es uno de los más limpios del mundo: en él no existen cuerpos en descomposición.

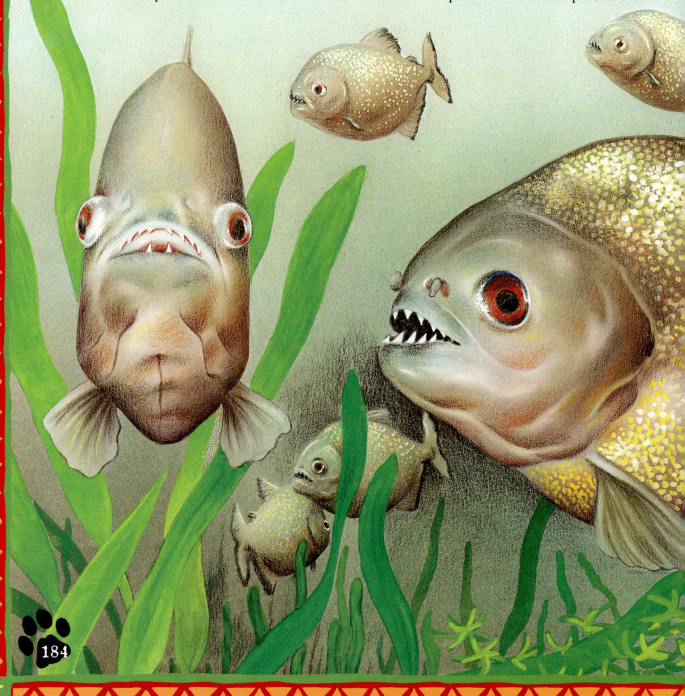

En estas mismas aguas existe un pez más temible aún: el candiru, también llamado canero. Minúsculo y filiforme, es invisible a simple vista. Al menor rastro de urea, se lanza sobre su presa y penetra en la uretra o el ano. La víctima sufre horriblemente y muere si no es operada antes de cinco horas. Cada año, centenares de bañistas imprudentes perecen de este modo.

EL PULPO TRAGÓN

Al pulpo le encanta darse grandes comilonas de marisco. Para abrir las conchas utiliza a veces sus ocho tentáculos. Tras fijarse con cuatro de ellos, se sirve de los demás para abrir una gran concha que haya caído entre las rocas. Una vez entreabierta, desliza una pequeña piedra en el intersticio para impedir que se vuelva a cerrar. Unas cuantas cuñas más y el marisco estará definitivamente abierto y listo para ser comido.

Otra muestra del ingenio del pulpo: se hace el sordo para escapar de sus enemigos, entre ellos, el cachalote, la marsopa y el delfín. Para paralizar a sus presas, estos últimos emiten unos fuertes gritos. El pulpo se tapa los oídos y, como posee una vista excepcional, puede descubrir a su enemigo y darle esquinazo disimuladamente.

EL CALAMAR

El calamar común mide entre 30 y 45 cm de longitud y el calamar gigante mide al menos 18 metros (su ojo tiene un diámetro de 38 cm) por lo que es el mayor de los invertebrados acuáticos.

En torno a la boca tiene ocho tentáculos con ventosas que están especializados para llevar los alimentos hasta su mandíbula en forma de pico.

Tiene la cabeza grande, un cuerpo esférico fortalecido por un esqueleto cartilaginoso y dos aletas laterales.

EL CABALLITO DE MAR: UN PADRE MUY ESPECIAL

Su nombre proviene de la similitud existente entre su cabeza y la de un caballo.

Tiene hábitos de cría peculiares. Después de una danza nupcial lenta y graciosa, la hembra deposita sus huevos en una bolsa de cría que tiene el macho en su abdomen, el cual cuida de los huevos hasta su eclosión.

LOS PECES MUSICALES

En 1986, Marc Ferguson, un investigador americano, creó una sinfonía registrando las ondas magnéticas emitidas por los peces. Una experiencia que consiste, en primer lugar, en sumergir, dentro de la pecera que contiene a estos peces, un electrodo conectado a un amplificador y un altavoz. Aquel día, Marc Ferguson se quedó estupefacto: en lugar de los habituales crujidos y chirridos, escuchó una verdadera melodía.

Localizó entonces a los peces mejor dotados, entre aquellos que poseían un campo eléctrico, para formar una orquesta. Con ellos, grabó una curiosa armonía electro-acuática que dejó asombrado al público de San Diego. Unos meses más tarde, se vendían varios miles de ejemplares de este disco.

EL SALMÓN REMONTA LOS RÍOS

El salmón nace en las aguas dulces de los torrentes, en hoyos donde la madre puso los huevos. Aquí vive cerca de dos años, después desciende hacia el mar; su organismo se adapta rápidamente al agua salada. Después de algunos años, cuando le llega la hora de reproducirse, su instinto le reclama al lugar en donde transcurrió su período juvenil: sólo allí pondrá los huevos. Desde el mar asciende por el río realizando una verdadera escalada. El viaje puede ser de un millar de kilómetros.

LO INSÓLITO DE LOS ANIMALES

Admirables y sorprendentes, los animales se adaptan a situaciones realmente penosas. Para escapar de su enemigo, son capaces incluso de amputar voluntariamente una parte de su cuerpo. Esto es lo que hace el lagarto con su cola y el cangrejo con sus patas. Después sólo hace falta un poco de paciencia hasta que el órgano amputado se regenera.

LA LANGOSTA PEREGRINA

Las invasiones de langostas son un problema que afecta a numerosos países del mundo. El caso de la langosta peregrina es tristemente célebre, ya que en la Antigüedad protagonizó la «octava plaga de Egipto». En 1889, una nube de langostas peregrinas se extendió sobre el mar Rojo, ocupando una superficie de 5.200 km², se trataba de 250.000 millones de insectos, con un peso total de 508.000 toneladas.

Los daños materiales que ocasionan son igualmente impresionantes. Una nube de langostas puede devorar una cantidad de alimento equivalente a su peso, arruinando una cantidad cuatro veces superior de plantas. Son capaces de destruir 100.000 toneladas de trigo diarias: el alimento de medio millón de personas durante un año. Sin insectos, el problema del hambre desaparecería en muchos países del mundo.

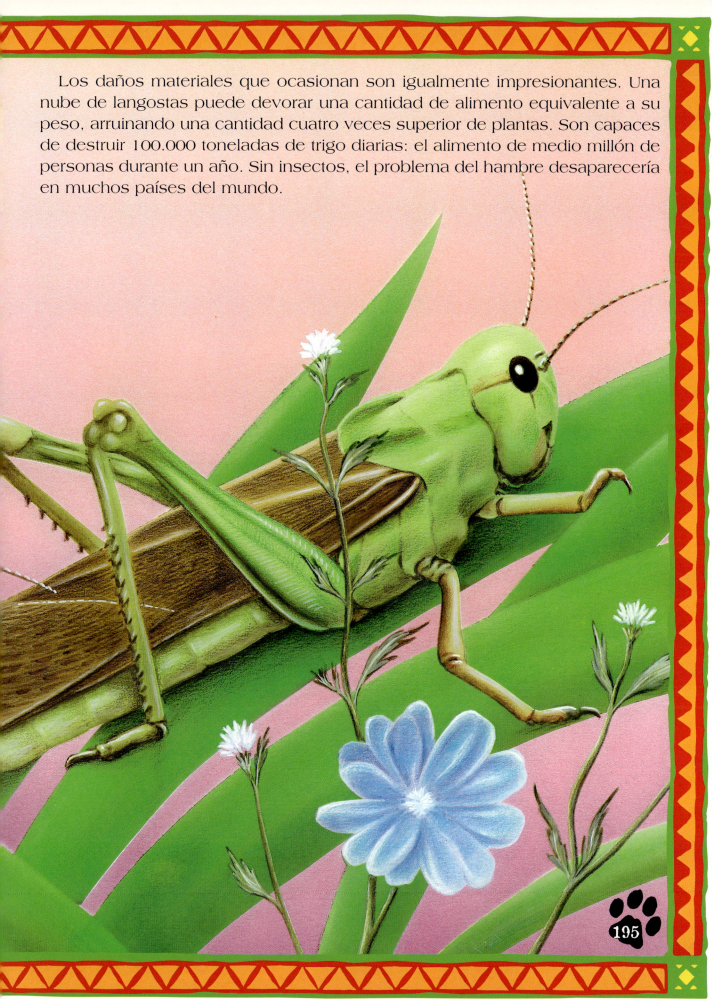

LA LIBÉLULA: ¡MEJOR QUE UN AVIÓN!

¿Cómo puede este insecto de 5 cm de largo rivalizar con un Boeing 747?

La libélula es un as de la acrobacia; despega según un ángulo de 45°, pero también puede hacerlo en la vertical. Alcanza velocidades de 50 km/h y es, desde luego, un verdadero bólido en el aire.

Durante una tormenta, es capaz de mantener la estabilidad, cosa que no puede hacer un avión, controlando las turbulencias. Incluso puede volar hacia atrás.

Por el momento, su comportamiento es objeto de profundos estudios de los especialistas de la Universidad de Colorado, tras los cuales, se espera conseguir mejoras en los aviones actuales: una nueva técnica de vuelo, aviones más seguros, más silenciosos y más económicos. Este animal aún no ha terminado de sorprendernos.

LA GUERRA DE LOS INSECTOS

Los científicos afirman que aun cuando el hombre desaparezca un día del planeta, el insecto permanecerá en él. De hecho, son animales que saben adaptarse a todas las circunstancias: algunos insectos viven en aguas a 65 ºC de temperatura, otros, en cambio, soportan un frío intenso. Ni siquiera el petróleo les asusta, *Psilope petrolei* es una pequeña mosca que se nutre de hidrocarburos. Se han realizado experiencias que han demostrado que las larvas conseguían realizar su metamorfosis en formol. El doble sistema respiratorio de las mariposas les permite, incluso, resistir al cianuro.

En el caso de un conflicto atómico, los insectos saldrían bien parados. Extremadamente resistentes, serían los últimos supervivientes de la Tierra. Un ejemplo: para matar a una hormiga es necesaria una radiactividad diez veces mayor que para acabar con un caballo. Bastaría con que quedaran unos pocos insectos para que se reprodujeran a una velocidad infernal. «Cuanto más fuerte sea la dosis del arma química, más resistente será el insecto que sobreviva» ha declarado un científico.

LA CIGARRA: DIECISIETE AÑOS BAJO TIERRA

En una de sus fábulas, La Fontaine inmortalizó a la cigarra; pero no nos dijo todo sobre ellas. ¿Qué ocurre, por ejemplo, con los huevos depositados por la hembra en la rendija de la corteza de un árbol? Cuando eclosionan, las larvas caen al suelo y se ocultan bajo tierra, donde permanecerán de cuatro a diecisiete años, según las especies. Una vez transcurrido este tiempo, podrán realizar al aire libre su última muda. Pero su vida adulta será corta: seis o siete semanas durante las cuales, y escondidas en la hojarasca, absorberán la savia de los vegetales.

Se conocen 1.500 especies de cigarras en todo el mundo. La mayoría habitan en las regiones cálidas y tropicales. En Europa, residen en el sur. Es también el insecto más ruidoso: su canto ininterrumpido y monótono ¡te enloquece! Se alimenta de raíces y ocasiona grandes perjuicios.

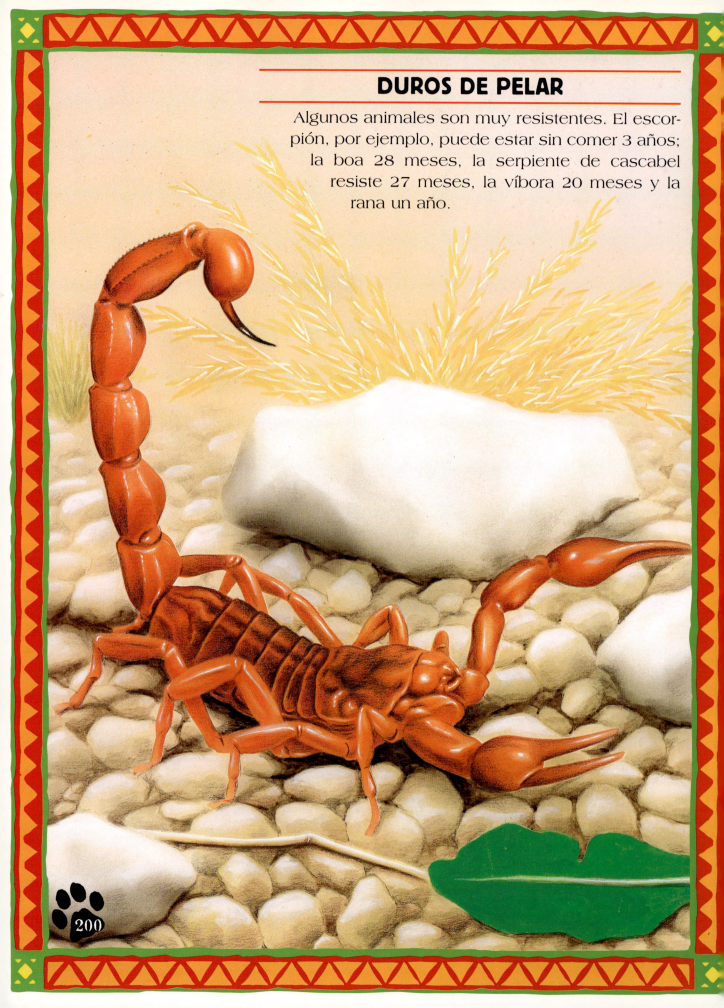

DUROS DE PELAR

Algunos animales son muy resistentes. El escorpión, por ejemplo, puede estar sin comer 3 años; la boa 28 meses, la serpiente de cascabel resiste 27 meses, la víbora 20 meses y la rana un año.

UN VARIADO MENÚ DE INSECTOS

En el caso de una gran invasión de insectos, el hombre podría comerse a su enemigo. Si bien muchos insectos no son comestibles, además de ser peligrosos, otros pueden perfectamente ser consumidos por el hombre. Muchos pueblos ya han dado prueba de ello. Algunas tribus africanas comen termitas asadas. En Laos se consumen grandes cantidades de chinches gigantes de agua cocidas al vapor. En México existe una chinche que, asada, constituye un exquisito manjar. En Brasil se sirven las hormigas con salsa y en Tailandia se sazonan con curry. En Indonesia, los grillos son condimentados y cocidos al vapor en hojas de plátano.

Uno de los platos favoritos de Aristóteles era la ensalada de cigarras. En ciertos lugares del mundo, el hombre se alimenta de orugas, moscas, larvas, gusanos de seda e incluso piojos.

«La repugnancia que nos producen algunos alimentos viene dictada por los usos y costumbres –ha afirmado un gran entomólogo americano–. Muchos insectos tienen un gusto delicioso y aportan más proteínas, lípidos y calorías que la misma cantidad de carne de vaca.»

Este argumento no parece convencer a mucha gente. ¿Te comerías tú un sándwich de escarabajos o una sopa de moscas? Difícil de digerir, ¿no?

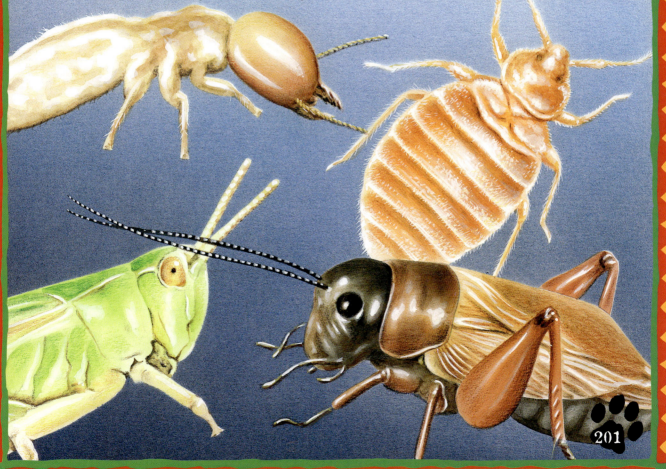

LAS ABEJAS ASESINAS

Una inmensa nube de mosquitos puede llegar a paralizar en unos minutos un aeropuerto, abatiéndose sobre las pistas y la torre de control. Esto fue lo que sucedió en Venecia en 1985.

Casi en la misma época una horda de abejas «asesinas» invadía el sur de Estados Unidos. En seguida se dio la alarma y lo peor pudo ser evitado. Gracias a su poderoso veneno atacan con gran efectividad a hombres y animales. Se pensaría que estamos ante una película fantástica y sin embargo, la abeja «asesina» no es producto de la imaginación de un guionista de cine, sino de la imprudencia de un científico brasileño.

En 1956 se le ocurrió cruzar abejas reinas africanas con abejas brasileñas, para obtener una mayor producción de miel. Desgraciadamente, esta nueva abeja resultó ser mucho más agresiva. El drama se produjo varios días más tarde, cuando 26 reinas híbridas escaparon del laboratorio. Desde entonces, son miles las abejas de este tipo que se pasean por el mundo.

EL ZAPATERO CAMINA SOBRE EL AGUA

Este insecto suele encontrarse en aguas estancadas, a lo largo y ancho de pantanos y lagunas europeos. Su longitud no supera el centímetro y medio. Se nutre de otros insectos acuáticos y de larvas.

La hembra del zapatero pone sus huevos en las piedras que sobresalen del agua, encima de hojas flotantes e incluso debajo de ellas; y siempre los adhiere al soporte elegido con una trama de seda muy delicada.

El rasgo más peculiar y asombroso del zapatero es su capacidad para andar sobre el agua velozmente, sin hundirse. ¿Cómo lo hace? Veamos...

Las moléculas del agua, al atraerse mutuamente, producen una pequeñas tensión en la superficie. Es como si tejieran una finísima película invisible, sobre la cual pudiera caminar el zapatero.

Y eso es lo que hace precisamente. Distribuye su mínimo peso entre seis largas patas y, en vez de apoyarse sobre sus puntas, lo cual sería nefasto, se afianza sobre una base mayor, doblando la última articulación de tal modo que se extiende al máximo sobre el agua.

Al zapatero le basta con estirar bruscamente las patas para dar grandes saltos y atrapar, en un segundo, a sus presas flotantes.

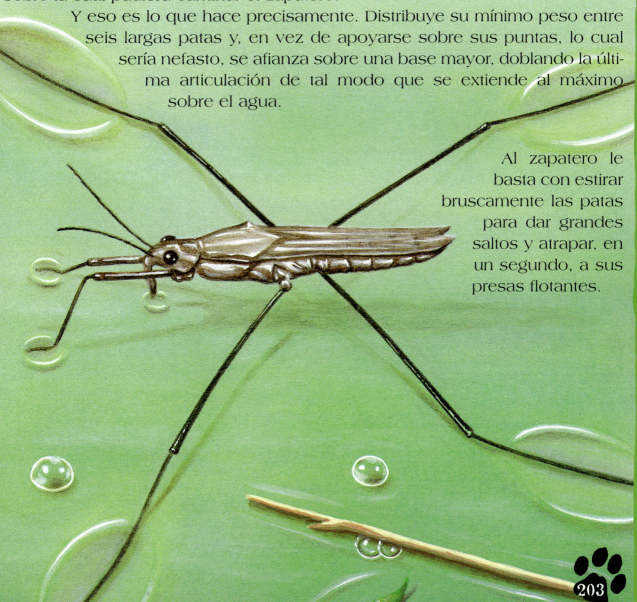

AVISPAS QUE SE EMBORRACHAN

Durante el otoño, las avispas se alimentan de frutos cultivados y silvestres. En las regiones vitícolas, llegan incluso a emborracharse con el zumo de uva. Y toman tal cantidad que se quedan sin fuerzas para volar, caen al suelo y allí mueren.

LAS CUCARACHAS DEL PENTÁGONO

Ni siquiera el Pentágono de los Estados Unidos escapa a la presencia de los insectos. Desde hace cuarenta años, todas las noches, dos millones de cucarachas deambulan por el cuartel general del ejército norteamericano. Y aunque se las combate una y otra vez, siempre regresan, cada vez con más refuerzos. Cada año, el ejército invierte miles de dólares en insecticidas.

También en París las cucarachas se dan una buena vida. Los vertederos de basura y la calefacción central influyen de forma decisiva en su propagación. Son insectos muy golosos que adoran la pimienta y los polvos de arroz, alimentándose incluso de cartón, cuero y corcho.

LAS ABEJAS: COSECHADORAS DE MIEL

Mientras vuelan de flor en flor, las obreras recogen polen en una bolsa especial ubicada en una de sus patas traseras. El polen, principalmente fuente de proteínas, vitaminas, minerales y grasa, es necesario para el desarrollo de la reina, la obrera y el zángano. Las abejas introducen el polen en las celdillas de las larvas al regresar a la colmena y también regurgitan el néctar para convertirlo en miel.

LOS MOSQUITOS

Las hembras de mosquito poseen un aparato bucal largo adaptado para perforar la piel y succionar la sangre, el del macho es rudimentario y ambos se alimentan de néctar y agua.

Las hembras, cuando muerden, inyectan en la herida un poco de saliva que causa hinchazón e irritación, evitando que la herida cicatrice para poder succionar más sangre.

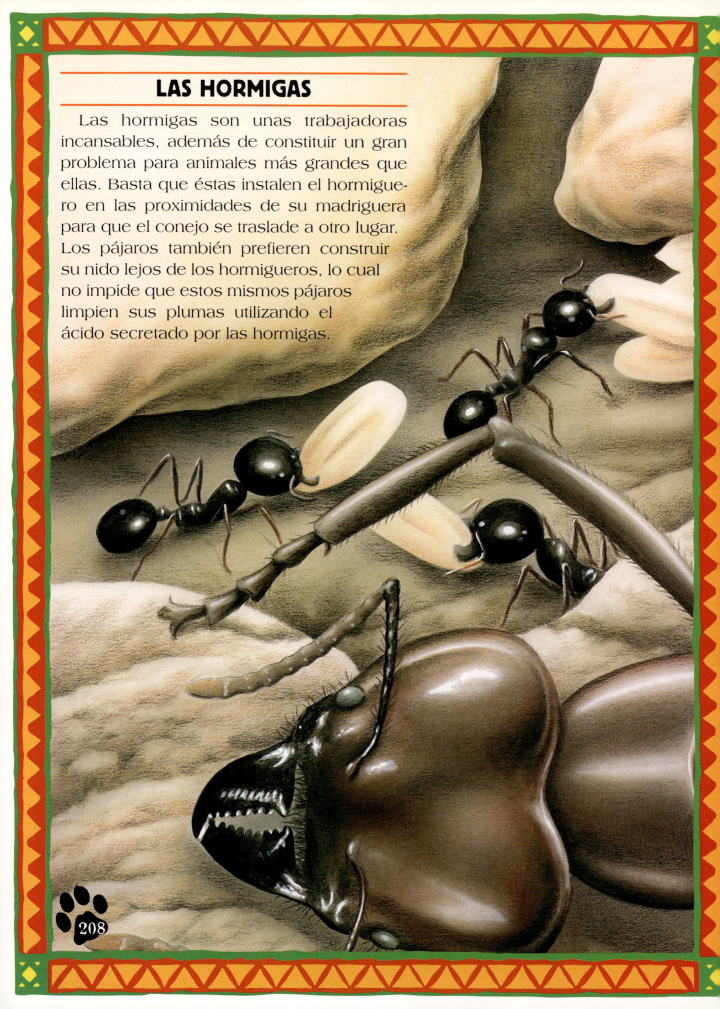

LAS HORMIGAS

Las hormigas son unas trabajadoras incansables, además de constituir un gran problema para animales más grandes que ellas. Basta que éstas instalen el hormiguero en las proximidades de su madriguera para que el conejo se traslade a otro lugar. Los pájaros también prefieren construir su nido lejos de los hormigueros, lo cual no impide que estos mismos pájaros limpien sus plumas utilizando el ácido secretado por las hormigas.

HORMIGAS QUE CULTIVAN HONGOS

En un hormiguero, cada hormiga pertenece a un «cuerpo» cuya labor está bien definida. Las hormigas obreras construyen los nidos, se ocupan de los huevos y larvas y almacenan el alimento en los depósitos. Las hormigas guerreras protegen estas reservas y luchan contra las tribus vecinas. Llegan a entablarse verdaderas batallas, tras las cuales son hechas prisioneras las larvas enemigas. Las hormigas agricultoras crían y ordeñan cochinillas y pulgones, con el fin de alimentarse con su leche.

Existen, además, las hormigas que cultivan hongos. Cada una tiene una misión muy concreta: algunas de ellas recogen hojas de árboles o arbustos y las transportan en fila india hasta el hormiguero, levantándolas por encima de su cabeza. A continuación, las almacenan en las galerías subterráneas, donde otras hormigas, se encargarán de cortarlas en finas tiras y ponerlas a fermentar. Por último, otro grupo de hormigas extienden el micelio, un delgado filamento que constituye el aparato vegetativo de los hongos. Las hormigas han adquirido el arte de miniaturizar los hongos.

En Brasil, algunas de estas hormigas están tan extendidas que es preciso destruirlas con explosivos.

LA MARIQUITA: UN REGALO DEL CIELO

También llamada catarina, mide menos de 1,2 cm de longitud máxima. Su cuerpo es redondeado por arriba y plano por abajo.

Ha sido considerada un regalo del cielo por su hábito de alimentarse de pulgones y otras plagas agrícolas. Los agricultores liberan mariquitas para proteger la cosecha de las plagas.

INSECTOS CON LUZ PROPIA

La luciérnaga pertenece al grupo de insectos capaces de producir químicamente energía luminosa. Tanto el macho como la hembra pueden generar luz, que les sirve para reconocerse ya que su intensidad y frecuencia son diferentes en las distintas especies.

LA INVENCIBLE HORMIGA ROJA

Otro terrible enemigo del hombre y de la naturaleza es la hormiga roja, cuyo nombre científico es *Solenopsis invicta*.

Originaria del Brasil, se encuentra particularmente a gusto en Florida. Su campo de acción: los jardines de los chalets, los campos de cultivo y los pastos. Conviene no provocarla, ya que su veneno produce quemaduras que conducen inmediatamente al hospital.

¿Cómo destruirlas? No es fácil. El fuego no las asusta, ya que sus hormigueros, situados a tres metros bajo tierra, se comunican por una red de subterráneos. En los años sesenta, los científicos pusieron a punto un insecticida, el mirex, que se inyectaba en el suelo. El enemigo retrocedió finalmente. Pero no termina ahí todo; en 1970, los ecologistas descubrieron que el famoso mirex envenenaba también los ríos, intoxicando a los peces y al ganado. En 1972, se prohibió el uso de este producto.

Y, por supuesto, las implacables hormigas rojas aprovecharon para volver, invadiendo de nuevo los cultivos de Florida; sólo que esta vez, el hombre se encuentra totalmente indefenso.

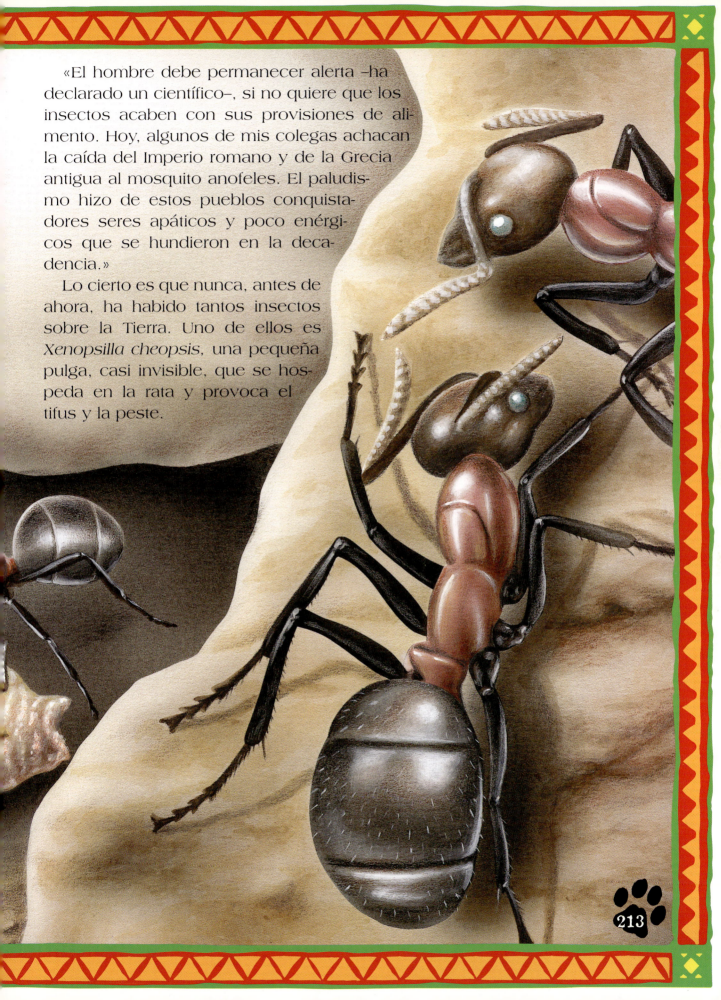

«El hombre debe permanecer alerta –ha declarado un científico–, si no quiere que los insectos acaben con sus provisiones de alimento. Hoy, algunos de mis colegas achacan la caída del Imperio romano y de la Grecia antigua al mosquito anofeles. El paludismo hizo de estos pueblos conquistadores seres apáticos y poco enérgicos que se hundieron en la decadencia.»

Lo cierto es que nunca, antes de ahora, ha habido tantos insectos sobre la Tierra. Uno de ellos es *Xenopsilla cheopsis*, una pequeña pulga, casi invisible, que se hospeda en la rata y provoca el tifus y la peste.

LAS TERMITAS Y SUS TERMITEROS

Una de las sociedades más antiguas entre los insectos es la de las termitas. En este caso «antiguo» no quiere decir primitivo o simple. El termitero es muy complejo, verdaderamente es una ciudad laberinto, y la parte que emerge del suelo puede alcanzar, como en algunas regiones tropicales, una altura superior a 5 metros. Así como los hormigueros están llenos de obreros que entran y salen de la abertura, en los termiteros no se ve ni una sola termita y tampoco un agujero de entrada: las galerías y los corredores de acceso están generalmente bajo el terreno, escondidos bajo las raíces de un árbol o bajo las piedras.

Como las abejas y las hormigas, las termitas encargan la tarea de la reproducción a la reina, la cual es protegida y alimentada por las jóvenes termitas.

LA TÉCNICA DE CAZA DE LA CHINCHE

En las selvas tropicales vive una chinche insectívora nocturna que caza termitas de una forma original. En primer lugar, adhiere sobre su cabeza y dorso fragmentos desprendidos de la termitera, después se sitúa cerca de la entrada y se limita a esperar. Irreconocible de esta forma, es ignorada por las termitas. Aprovechándose de la circunstancia, captura una termita y se la come.

Y explotando al máximo la situación, echa el esqueleto de su presa en la abertura de la termitera. Otra termita obrera se apodera de ella e intenta llevársela. Entonces, la chinche tira del esqueleto y atrapa en el mismo viaje a la segunda obrera, asida a su malograda compañera.

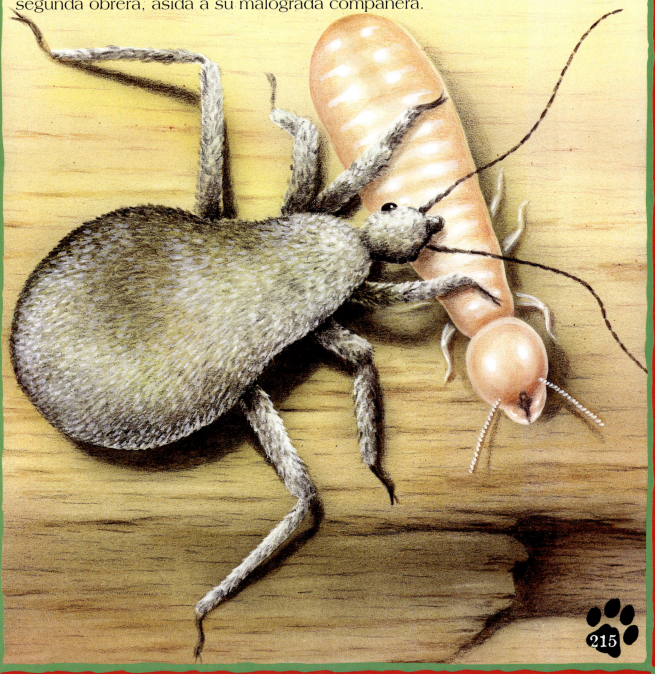

LAS MARIPOSAS

Las mariposas nocturnas y diurnas experimentan una metamorfosis completa. El ciclo vital completo se compone de cuatro fases: huevo, larva (oruga), pupa (capullo o crisálida) y adulto.

En la América tropical viven mariposas verdaderamente gigantescas. La *Attacus Atlas,* que es una mariposa nocturna, tiene una envergadura de 25 centímetros.

EL INSECTO SEPULTURERO

El necróforo es un tipo de escarabajo que entierra los cadáveres de otros animales para depositar en ellos sus huevos procurándose así alimento para él y sus larvas.

ÍNDICE

TEMA	PÁGINA
UN ANIMAL MUY GOLOSO	6
EL ARMIÑO: LA PIEL DE LA NOBLEZA	7
EL COBAYA TRAGÓN	8
A TODA VELOCIDAD	9
LOS MÁS CARIÑOSOS: LOS PERRITOS DE LAS PRADERAS	10
LA DESPENSA DE LA ARDILLA	11
SETAS VENENOSAS	12
LA NUTRIA	13
EL INGENIOSO ZARAPITO	14
EL JABALÍ LO TIENE FÁCIL	15
FUERTE COMO UNA LLAMA	16
EL CASTOR CONSTRUCTOR	17
EL GRAN SALTO DEL CANGURO	18
EL DROMEDARIO	19
ASTUTO COMO UNA LIEBRE	20
UN DINOSAURIO GIGANTE	21
LA GRAN BOA CONSTRICTOR	22
UN LAGARTO QUE CAMBIA DE COLOR	23
LA SERPIENTE MUSICAL	24
EL LAGARTO	25
A CADA CUAL SU TERRITORIO	26
EL ASEO DE LOS ANIMALES	28
CADA UNO EN SU RINCÓN	30
EL RINOCERONTE BLANCO AFRICANO	32
UN SOLO DEDO EN CADA PATA	33
LOS ÚLTIMOS BISONTES	34
EL ALMUERZO DE LA PANTERA	35
TIGRES QUE SE ALIMENTAN DE PERSONAS	36
LA PANTERA	37
HAMBRE FELINA	38
LOS GUEPARDOS DEL KILIMANJARO	39
LOS SALTOS DEL SERVAL	40
EL ESTORNUDO DEL ANTÍLOPE	41
LA GRULLA ANTÍGONA: UN BUEN PERRO GUARDIÁN	42
LA «TOILETTE» DE LA GARZA AZUL	43
EL MAL OLOR DE LA MOFETA	44
LAS AVES, GRANDES VIAJERAS	46
LA CARCAJADA DEL KOOKABURRA	48
EL AVETORO DA MUCHOS SUSTOS	50
LOS NIDOS DEL CHOCHÍN	51
HALCONES EN LOS AEROPUERTOS	52
LA GARZA	54
UNA PERDIZ MUY COQUETA	55
EL TORCECUELLOS IMITA A LA SERPIENTE	56
EL PÁJARO SASTRE COSE SU NIDO	57
EL ALBATROS: VARIOS AÑOS EN ALTA MAR	58

ÍNDICE

TEMA	PÁGINA
SI ES MOLESTADO, EL JACANA DESTRUYE SU NIDO Y SUS HUEVOS	59
EL CERNÍCALO O EL ARTE DEL CAMUFLAJE	60
EL FULMARO ARROJA UN LÍQUIDO HEDIONDO	61
EL SALTIMBANQUI CHORLITO DORADO	62
LA GANGA TOCA EL TAMBOR	63
EL LORO PARLANCHÍN	64
EL PELÍCANO	65
LAS CATACUMBAS DEL ABEJERO	67
LOS REGALOS DEL FUMAREL MACHO	68
EL LENGUAJE DE LA GALLINA	69
LA PALOMA MENSAJERA	70
LOS UTENSILIOS DE LOS ANIMALES	72
LA LEYENDA DEL MARTÍN PESCADOR	73
EL ASOMBROSO FLAMENCO ROSA	74
UN VERDADERO MARTILLO	76
UN AVE LLAMADA ZAMPULLÍN	77
LA GRULLA SE DEJA HIPNOTIZAR	78
LA URRACA	80
EL ÁGUILA: SÍMBOLO DE VALOR Y PODER	81
EL PATO MANDARÍN SALTA DEL TRAMPOLÍN	83
AVES DOMÉSTICAS	84
NIDOS PARA INCUBAR	85
LOS HUEVOS	86
OTROS NIDOS	87
LA ZARIGÜEYA: MADRE ORIGINAL	88
EL PEQUEÑO CUCO ES UN PÁJARO PERVERSO	89
AVES RARAS	90
VENERABLES ANCIANOS	91
AVES DE VARIOS TAMAÑOS	92
EL AVE MÁS LENTA	93
EL PETREL GIGANTE: TERROR DE LOS OCÉANOS	94
UNA VISTA AGUDA	96
CUESTIÓN DE PLUMAS	97
CIGÜEÑAS SOBRE EL TEJADO	98
EL CARBONERO PALUSTRE	100
EL PREVISOR ALCAUDÓN	101
CAZADORES DEL AIRE	102
EL GRAN CORAZÓN DEL COLIBRÍ	103
LA HORA DE LA COMIDA	104
BLA, BLA, BLA	105
COMBATES DE POLLOS	106
LA LECHUZA	108
GRANDES DESTROZOS	109
LOS COMEDORES DE HUEVOS	110
EL MONO ARAÑA SE CUELGA DE LA COLA	111
CAZADOR DE INSECTOS	112

ÍNDICE

TEMA	PÁGINA
MONOS ENFERMEROS	113
EL HAMADRÍAS: UN MONO QUE SE DESPLAZA A CUATRO PATAS	114
LA HIGIENE DEL MACACO	116
LA EXTRAORDINARIA FUERZA DEL MANDRIL	117
LOS GORILAS	118
LOS ANIMALES EN LA GUERRA	120
LONGEVIDAD DE LOS ANIMALES	121
LOS DOS NACIMIENTOS DEL CANGURO	122
LA RISA DE LAS HIENAS	124
EL MAMÍFERO TERRESTRE MÁS ALTO	125
LA OVEJA: GRAN AMIGA DEL HOMBRE	126
¡HUY! ¡CÓMO PINCHA!	127
EL GATO SE MOFA DE SU AMO	128
EL ZORRO ES JUGUETÓN Y PREVISOR	129
LA AGUDA VISTA DE LA HIENA	130
MAESE ZORRO	131
LOS GATOS EGIPCIOS	132
UN GATO MILLONARIO	132
ALGUNOS RÉCORDS DE LOS GATOS	133
EL CORAZÓN DE ORO DEL DOGO DE BURDEOS	134
¿ES TAN FEROZ EL BULLDOG?	135
LOS PERROS	136
LA TIMIDEZ DEL COBAYA	138
EL CASTOR LEÑADOR	139
LOS OSOS POLARES	140
LA LLAMA	141
EL LOBO DE CANADÁ	142
¿OSOS CANÍBALES?	143
LA GRASA DEL OSO	144
MAMÁ ANTÍLOPE DA A LUZ MIENTRAS CAMINA	145
LA TRAICIONERA LENGUA DEL OSO HORMIGUERO	146
UN HIPOPÓTAMO QUE IMITA A DRÁCULA	148
LOS ELEFANTES	149
EL RINOCERONTE DE UN SOLO CUERNO	150
LA RESISTENCIA DEL CAMELLO	152
LUCHAS DE CAMELLOS	154
LOS CAMELLOS SAGRADOS DE PUSHKAR	155
LA FUERZA HERCÚLEA DEL ORICTEROPO	156
EL LÉMUR: UN ACRÓBATA	158
LA HABILIDAD DE LA RATA	160
EL FESTÍN DEL ERIZO	161
LA LEYENDA DE LA SALAMANDRA	162
EL COCODRILO DEJA QUE LE LAVEN LOS DIENTES	164
EL TUÁTARA: UN EXTRAÑO REPTIL	165
DESCONFIADA COMO UNA NUTRIA	166
EL INFIERNO DE LAS TORTUGAS LAÚD	168

ÍNDICE

TEMA	PÁGINA
UNA TORTUGA DE ANDAR POR CASA	169
LA TORTUGA BARRENDERA	170
EL CANGREJO ERMITAÑO	171
EL CARNÍVORO MÁS GRANDE DEL MUNDO	172
EL SULTÁN DEL PACÍFICO	173
VORAZ COMO LA DORADA	174
DESCARGAS ELÉCTRICAS	175
LA CULEBRA, CAMPEONA DE NATACIÓN	176
EL PEZ GATO IMITA AL CUCO	177
UN BALLENATO QUE PESA 2,5 TONELADAS AL NACER	178
LOS CELOS DEL DELFÍN	179
EL CALAMBRE DEL TORPEDO	180
EL TUBO DE BUCEADOR DEL ESCORPIÓN DE AGUA	181
LA VELOCIDAD DEL PEZ VOLADOR	182
UNA RANA CAMPEONA DE SALTO	183
¡LAS PIRAÑAS ATACAN!	184
EL PULPO TRAGÓN	186
EL CALAMAR	188
EL CABALLITO DE MAR: UN PADRE MUY ESPECIAL	189
LOS PECES MUSICALES	191
EL SALMÓN REMONTA LOS RÍOS	192
LO INSÓLITO DE LOS ANIMALES	193
LA LANGOSTA PEREGRINA	194
LA LIBÉLULA: ¡MEJOR QUE UN AVIÓN!	196
LA GUERRA DE LOS INSECTOS	198
LA CIGARRA: DIECISIETE AÑOS BAJO TIERRA	199
DUROS DE PELAR	200
UN VARIADO MENÚ DE INSECTOS	201
LAS ABEJAS ASESINAS	202
EL ZAPATERO CAMINA SOBRE EL AGUA	203
AVISPAS QUE SE EMBORRACHAN	204
LAS CUCARACHAS DEL PENTÁGONO	205
LAS ABEJAS: COSECHADORAS DE MIEL	206
LOS MOSQUITOS	207
LAS HORMIGAS	208
HORMIGAS QUE CULTIVAN HONGOS	209
LA MARIQUITA: UN REGALO DEL CIELO	210
INSECTOS CON LUZ PROPIA	211
LA INVENCIBLE HORMIGA ROJA	212
LAS TERMITAS Y SUS TERMITEROS	214
LA TÉCNICA DE CAZA DE LA CHINCHE	215
LAS MARIPOSAS	216
EL INSECTO SEPULTURERO	217